致不在場的他們與遲到的我

李璐 著

目次

推薦序

最大限度的無知

蕭詒徽

就連寫下「他人的自盡有時是一種啟蒙」這樣的句子，都讓人斟酌多日。是「啟蒙」這個帶有正面、工具性、由凡脫胎的暗示的詞彙，甚至隱含將未啟蒙者之「蒙」視為蒙昧的上對下觀看，令我自覺對亡者與自死本身的不敬。但這份因禮節的馴化而觸發的不舒適，常常恰是我們將自殺神祕化的原因，而將死亡神祕化並不等於對它帶有敬意。這裡的啟蒙，不是帶有功利動機的積極追求，而是用以討論當活下來的人意識到死確實改變了什麼，那麼，該如何面對那個「什麼」。

我曾經很喜歡大眾作品將死之啟蒙的隱喻藏於眼瞳：輕輕帶過者如《哈利波特》裡，唯有親眼目睹過死亡的人才能看到隱形的騎士墜鬼馬；企圖宏大者如《火影忍者》裡，唯有眼見摯愛之人亡去才能開啟的萬花筒寫輪眼，而宇智波一族禁地深藏的石板，上面的記載根據寫輪眼開眼程度才能漸次解讀——但我不再喜歡這些隱喻的原因，也恰是它們對這些歷程抱持一種過於方便的正面態度：死亡讓活下來的人變得更強了、死亡讓活下來的人看到本來看不到的東西了。但不是這樣的。活下來的人當然依然有看不到的東西，而我甚至相信，有歷經過他人之死的人反而看不到的東西。

他人的死亡讓倖存者變得更了悟，這個認知無比危險。我們必須先消去這個過程是一種「開眼」的潛預設，避免立刻將這種經驗當作一種優越，然後才能更妥善地前往下一個問題：隱形或有形，哪一個才是騎士墜鬼馬本來的狀態？以及，當我們終於看見了牠，我們能理所當然地判斷發生變化的只是我們嗎？

在《致不在場的他們與遲到的我》當中，「文學作品」被放置在和宇智波石板和騎士墜鬼馬類似的位置，在邱妙津、袁哲生、黃國峻等人的作品片段與生命歷程的陪佐下，小說其中一位角色在線上個版的發文，被當成解讀尋死的線索。其他角色則像《國家寶藏》般，藉由對文本不同程度的領悟，來進行效用不等的「推理」。從李璐的前作、劇本《南十字星》出發，便會意識到《致》將已故作者的作品與故事線索並置的意義——

死亡若真能造成活下來的人有什麼改變，那絕不會是像天啟一樣、「自動獲得」的東西。那是必須經由勞動（在小說裡，這裡的勞動被投射在對文字的深度閱讀）、主動積極的提問，以及歷經時間的思索，才能得到或不得到的東西。這是李璐在創作時面對死亡以及他人生命史對自身的基礎修煉，在《致》中，她則嘗試以主角的偵探旅程告訴讀者這一點。

但除了上述的態度錨定，在我眼中《致》最動人之處，依然是它著手處理的情感——正當我一面閱讀小說、心中一面不斷冒出某個問句，小說中作中作的角色也在故事後段呼告了一模一樣的問題：「為什麼活下來的是我？」

倖存者難以緩解的悔恨，常常化為某種「責任感」，認為將死者的意念傳遞下去或做出「正確的」解釋是生者的義務，有時甚而是贖罪的方式。但姑且不論死者的本意為何，這份責任感本身隱含「活下來之後要為『什麼』服務」的判斷，並且，將死者所遺留的全部事物都視為有意為之的密碼，於是有的種種追悔：我是不是早該從他的信裡看出他想死？我當初是不是不該把他的小說當成虛構？我是不是早已握有阻止他自殺的訊息卻沒有行動？

這回到了騎士墜鬼馬的問題。文本之於死亡，兩者之間是否存在著更為游移的關係？當我們在他人死後「讀懂」了他所寫的什麼，那究竟是「我們變得更好了」，還是死亡這個狀態賦予了作品在作者自殺前所無意附加的意涵？

李璐在這部小說裡無畏地提點出這個困難的疑問：當溝通的可能已被死亡全然封閉，解讀該如何道德。而從小說的閱讀中，我們會發現她提出這個疑問的目的，主要並非質疑或糾正某種生者的姿態，反而，是為了面對他們。噢不，我們。相形之下，這篇序都顯得太過義正辭嚴了。

對我而言，我以及《致》，都無意將死者與他們遺留的作品全然切分。只是在這部作品裡，活下來的人如何與被遺留的事物共存、面對自己僅是被遺留下來的事物之一這一事實，隨時對自己對死者的詮釋保留最大限度的疑問，與無知。這並非什麼對死者的敬意，純粹是對自己的公平。而這種公平，只有在意識到對死者的責任感其實是一種傲慢之後才能抵達。

意識到自己是盲昧的，算是一種啟蒙嗎？即使知道了，但盲昧依舊。李璐再次提醒了我。

（蕭詒徽，生於一九九一。作品《一千七百種靠近——免付費文學罐頭輯 I》、《晦澀的蘋果 vol.1》、《蘇菲旋轉》〔合著〕、《鼻音少女賈桂琳》。網誌：輕易的蝴蝶 iifays.com。）

推薦序

留下來的人

邱常婷

不久前收到李璐的信，她告訴我自己寫了一部青少年成長小說，有趣的是，她使用了很多「問號」，彷彿並不確定這件事情。讀完整本書以後，我反倒認為這是很好的切入點，尤其是「成長」，畢竟，書中的一些角色並不渴望成長，與之相反，她們渴望著死亡。

《致不在場的他們與遲到的我》關於死者，同時也攸關倖存者、活著的人，從青少年小說的角度來看，是一部直面青少年自殺的作品。而青少年成長小說，通常聚焦的是少年少女過渡為大人前的階段，但在本書中她們擁有另一種可能——不再長大。死亡後時光便停止了，猶如永遠離家的彼得潘，也象徵性地構築對成人社會結構的反叛。

然而比起成為標本彷彿永不凋蔽的美，李璐筆下的少女之死寫實得讓人心痛，那是我們在某時某刻會聽見的耳語，來自同學間的低訴、老師快步離開教室、不知何處傳來的訊息透漏她們選擇的死亡方法，能夠輕易勾起你我回想生命中經歷過的類似事件，那使我們有一種感覺：這些人似乎是代替我們死去的，因為她們的疼痛我們也感同身受，只是選擇的道路不同罷了。

故而這部小說到頭來雖然有著如此悲劇感的調性，卻無疑是一封情書，致所有青春懵懂、信仰文學的少女，讓她們知道當這個世界彷彿還殘酷得無法容納她們時，有一本小說足以成為她們的棲身之處。

在兒少文學中，自殺一直是一個艱難的主題，少女、年輕者的自殺如同一個謎團，不被成人所理解，成人對少年少女的想像是無知的，不可能擁有真正的傷痛，擅自認定他們還尚未完全理解世界，為何又如此易於受傷？本書提出既是肇因也是解答的概念：傷痛是繼承下來的。其中文學做為唯一的線索，創造出類型小說與純文學交會的可能，也扮演故事中重要的解謎之手。兩名少女——米奇與兼具駭客身分的蜥蜴，以及被稱為羅老師的中年小說家組成迴異傳統偵探形象的搜索隊，透過解讀失蹤少女江琳發表在網路的文字，一一串連起內向世代三個作家留存於世間的微弱電波，緩緩指向小說終局，除了引出偵探小說般的劇情推進，作者以仿擬的方式致敬邱妙津、袁哲生、黃國峻三位作者，讓讀者在閱讀的過程中產生與鬼魂對話的錯覺，隨之而生的「小說中的小說」，更逐漸侵入現實，卻也代替小說外的角色，在不寫作以後繼續且永遠的活下去。

與主題相異的是，主要角色個性的立體與靈動，以及對話中流露的輕巧幽默，為整部小說的悲劇調性起到調和的作用，米奇探詢自己的情感與認同問題，蜥蜴話語尖銳具批判性，但也閃耀著無與倫比的聰慧，中年小說家羅老師渴望理解年輕人的想法。三人一同進行的追尋之旅，行於以路為名的章節，是一場對死者的巡禮，有些不同尋常、怪異的混搭感，實際上卻是上一代倖存者與下一代倖存者的交集。對於上一個文學世代失去的重要寫作者們，作者透過羅老師之口說道：「剩下的人，好像都活在那個折損的驚懼中，不知道下一個是誰。過了這麼多年，剩下的人還是沒擺脫這個陰影。」集體的創傷會留存下來嗎？下一個甚至下下一個文學世代會繼承嗎？如此這般，作者以生者的角度不斷探問幾個終極命題：「什麼是美？」、「什麼是自己？」、「為什麼是我留下來？」、「為什麼她要離開？」、「人值不值得活？」問題帶來的無解答，最終產生僅有小說才能承接的巨大痛感。

我認為李璐的溫柔在於，在她所塑造的世界當中，雖然只有自殺或者繼承痛苦而留下兩種選擇，留下意味著成為更年長的人，親眼見證悲劇世代的輪替。可選擇存活的人，卻總是會為了下一代孩子設想，希望能夠替將來可能出現且依然驚懼的孩子寫作一個故事，讓她們獲得理解與認同。

這興許是李璐自稱「遲到的寫作者」必然的命運，當我們開始練習寫作，定會尋找心中的文學偶像，模仿其作品，而當我們接收到了自己最為喜愛的聲音，並且渴望成為那樣的寫作者，隨著理解愈深，他們的死亡更令我們感到無措。《致不在場的他們與遲到的我》是這樣一個故事：讀到最後，你會發現這部小說訴說痛苦，寫實得不留餘地，既不粉飾太平，最終也幾乎沒有救贖，活著的人依然活著，死去的人依然死去。但我對此感到真切，因為李璐並沒有看輕少女們的傷痛，她不願說謊，不會假設年輕讀者讀不懂這些文字，以至於用輕忽的語句去包裝，相反的，她以自己的聲音鄭重而肅穆地描述她們的傷口，所有已經發生、正在發生、尚未發生的悲痛。

其中唯有文字能夠包容。如同相愛的兩名女同學在ＰＴＴ個版上以三位逝去作家的風格寫作，其中一篇寫人死後會變成蟬，蟬是小說家，在地底寫作十七年以後到地面吟唱作品，聲音和著聲音，形成夏天的史詩，這篇短短的文字帶給閱讀者一絲光亮，因那意味著小說家永不死亡，他們的聲音始終留存於世間，等待下一個夏天裡新生的蟬聽見、編織出新的作品，新生的蟬有一天也會回到地底，她的聲音同樣會繼續停留在夏季，等待更年輕的蟬傾聽。

是以或許不能稱為倖存者，而是掙扎著想要留下來的人，在地底寫作，如同在黑暗的宇宙中發送給未來的訊號，孤寂的、篤定的，李璐是如此清楚，有一天會有人需要並接收到。為了讓後面的孩子活到如此年紀之後，能有一本書抱著痛哭，感到被理解，李璐寫下這封信，以小說的形式，輕柔地回擁那些易感的年輕靈魂。

（邱常婷，生於一九九〇年春，東華大學華文所創作組碩士畢業，目前為台東大學兒童文學研究所博士生。著有《新神》、《怪物之鄉》、《天鵝死去的日子》、《夢之國度碧西兒》、《魔神仔樂園》。）

序詩

遲到

好用力地想著
為什麼斑馬長成那個樣子
為什麼遞出剪刀的時候
尖的那邊朝內
好用力想著邱妙津
修長的手指親吻喉嚨
一直挖一直挖
愛過幾個眼睛明亮的人
最後都變成

徐珮芬

同一個故事

故事拉著生命
不斷往夜裏長
不在場的人
依序推門進來：嘿
我剛剛在電影院
做了一個好長的夢

（徐珮芬，詩人，清華大學台灣文學研究所畢業。曾獲林榮三文學獎、清華大學月涵文學獎、周夢蝶詩獎等。著有《還是要有傢俱才能活得不悲傷》、《在黑洞中我看見自己的眼睛》、《我只擔心雨會不會一直下到明天早上》、《夜行性動物》等。）

代序
寫信給邱妙津

終於我也大學畢業了，抓著畢業證書走出校門，到現在還是不知道發生過什麼，你說的沒錯，大學是個擁腫的魔術袋，不管最後裝了什麼進去，總歸還是鬼混。突然想到你，想到讀《鱷魚手記》和你的日記不斷哭泣的日子，突然覺得你已離我很遠了。

沒有人知道我這樣叫你。原諒我這六、七年來，一直這樣稱呼，我以為你是我的友伴，只是當我好不容易走到你二十六歲的地方，你剛好離開。如果你還在這裡，四十四歲，甚至比有些老師還大。但你永遠二十六歲，我還可以叫你一聲學姊，惋惜你為什麼沒能活下來。

前陣子，我從一場自我的核爆中倖存，理由不外乎深感自己無法存活於世，老師得知後，送我賴香吟的《其後》，那時正是五月。我躺在急診室，看著天花板，頭髮沾黏晚餐的殘餘物和胃液，發出酸腐味道。突然明白，不可以再任性下去了。

高中時代的日記，都是和你對話、吶喊、呼救，彷彿綁縛我的也約束你，你渴望的亦為我所想望。但我不過也是愛過幾個女孩，喜歡太宰治、村上春樹和三島由紀夫，自以為被世界所傷害、拒絕，不知道是太自大或太天真，某個瞬間我幾乎以為你就是我未來會長成的模樣。但我不知道是自己拒絕了這個世界，在幽密的洞穴中為你寫編年史。

妙，我這幾年都在對自己生氣，達不到自己的期望，恨自己軟弱、害怕孤獨，我知道你就在那裡，卻老是跟想像出的你說話，你觸動我的，是時時提醒自己極其清澈地看，如果有可以分享的，就把生命的禮物分給別人。你說的對，做為一個寫作者，是要唱歌的，若你能撫慰我彼時的傷害，那我也必定可以帶給別人吧。

長久的破壞到現在，的確什麼也不剩，我不需要人裝了，鱷魚就鱷魚吧。妙，我不再為你寫詩紀念，不再和你說話，你是沙漠中的幻影，領著我前進，忘記腳上的疼痛、忘記酷熱，一心只想追著你，儘管不能夠追著你到死的世界，質問你那個夏夜你想著什麼，至少已走出了荒漠。

一直記得你說「生命何其闊綽」，我走出醫院，天剛要破曉，喉嚨還殘留一絲血味，頭髮上沾著嘔吐物，天空依然向我展示三島由紀夫眼中所見，行動與力量的朝陽……我的死，或者你的死並不可惜，可惜的只是我們期望達成什麼，但不完成也無所謂了，我的生命只是用來唱一首歌。

祝你幸福快樂。

信義路

道路兩旁商辦大樓簡直像是沿著筆直的公車專用道展開的，除了學校和公園一側較為低矮，其他的大樓都沿著路越長越高。路的盡頭，是台灣最高最高的大樓，一半隱沒在雲霧繚繞中。

我總是遲到。

在鐘響前一秒衝進校門，無視教官的白眼，拎著書包直衝南樓。早自習要開始了，得在那之前買好早餐進教室。其實遲到一會也無妨，可惜我太常遲到，實習老師看到一定要碎念一頓。

我走下油滑的階梯，熟悉的早餐部依舊大排長龍，輪到我的時候，叫了玉米薯餅蛋餅，乖乖在人龍裡等，和隔壁班的同學交換一下昨天看到的貓咪影片，跟著其他人一起喊教官好，教官無奈地揮揮手，「拿到東西趕快回教室。」

我知道一些沒有人在乎的事，薯餅蛋餅在其他學校是薯餅加蛋餅，我們學校是薯餅加蛋加薯餅。薯餅要放兩個，蛋要打三顆，上面還要擠滿番茄醬的減肥大敵。

我走上一樓，經過時常被剪成學校縮寫的可憐榕樹，走上中正樓二樓，中正樓永遠帶著一股潮濕的霉味，我想，是地下室的蒸飯箱經年累月發出的蒸氣造成的。蒸飯箱的威力之強，連一樓的教官室天花板油漆都會剝落。

原諒我這麼仔細地描述這些事，那個早上只有薯餅蛋餅維持原樣，其他的都隨著我進入教室而變成完全不同的事物。在那以後，世界就變了。

我走進教室，沒有任何一點聲音，沒有人摺紙飛機四處丟，沒有打鬧，沒有手機傳訊息，沒有人在抄寫數學習作。每個人都低頭專心地摺紙鶴，白色紙鶴，教室像是一個大型的紙鶴工廠，速度快的人桌上已經堆成一座小山，有些人把紙揉爛了還是一隻也摺不出來。

除了我以外，有一個位子空著，上面堆滿了成串的紙鶴。

實習老師看到我，沒有說什麼，只是揉揉眼睛，從講台上起身。我正想說話，她將食指放在唇間，噓，比了比走廊。我一頭霧水地跟著她走出去。

「你又遲到。」

「還有人沒到啊。」我一時想不起那個位置的主人是誰。

「我正要跟你說，小聲一點。」

「好的，請說。」

「不是開玩笑。」實習老師一本正經地看著我，「佩珊昨天過世了。」

「什麼？為什麼？」輪到我不知所措。

「噓。」她又把指尖按在唇上，「我不能告訴你，晚點輔導老師會來。」

「輔導老師？怎麼了？」

「唉。」實習老師揉揉她充滿血絲的眼睛，「先回位置坐好，可以嗎？我等一下發紙給你。」我把薯餅用叉子弄得碎碎的，用最快速度吃掉。因為在今天的教室裡，有熱的東西，正在發出香味，好像是一件不對的事。

一整個早上都沒人講話，就算有，也只是交換紙鶴的摺法。後來摺紙鶴成了一條流水線，一些人負責前半，摺成半成品之後交給比較會摺的同學，那些手巧的人很快就有應接不暇的半成品，負責把紙鶴串起來的同學，桌上甚至堆不下這麼多的紙鶴了。

我自己摺好五隻紙鶴，堆在桌上，實習老師給了我更多的紙。

輔導老師一直沒有來，數學老師只是演獨角戲一樣地自己提問，自己解答，任同學繼續製造紙鶴。

我很想問問題，但所有人都用氣音輕輕地說話，臉上沒有表情。我感覺自己好像在冰箱的冷凍庫裡，張開嘴巴，只有冷空氣進到裡面。

根據輔導老師的說法，她之所以遲到，是因為她必須輔導所有的人，包括佩珊讀音樂班的妹妹，還有佩珊的爸爸媽媽。我們班的順序比較後面。但這不是因為她不在乎我們班同學的感受，而是她實在太忙、太忙了。

「應該有一些同學已經知道了。但我想還是得告訴所有的同學，佩珊到底怎麼了。」這是輔導老師的開場白，紙鶴生產線停了下來，每個人都仰起頭看著她。

佩珊帶著她的手機到深山裡面上吊。大人們找到她的時候，她的屍體還是溫熱的。

法醫研判，她上吊前才把手機打開。

佩珊沒有留下遺書，社群網站上發的最後一句話是：「誰幹走了老娘的橡皮擦？」

空氣凍結了。沒有人說話，輔導老師連續問了兩次，「有人有問題嗎？」

事已至此，能有什麼問題？紙鶴生產線又緩緩啟動起來，每個人都知道，接下來是一連串安撫與曉以大義，請大家不要仿效佩珊的行為，有什麼事情都可以和一個學期見不到兩次面的輔導老師談談……有時我懷疑第一排用針線串紙鶴的同學可能想站起來戳老師一針——但她沒有，她站起來，把七八串紙鶴嘩啦啦放到佩珊桌上。

輔導老師很憐憫地從台上俯視我們，彷彿我們經過這件事之後，都一個個成為了有故事的人。

佩珊是個很好的孩子，很聰明，善解人意，什麼都好，又是排球校隊又是合唱團領唱……我聽見導師哽咽著這麼和佩珊的家人說。佩珊的告別式我們全班都去參加，這次我沒有遲到，彷彿一場肅穆的春遊，陽光明媚的週六上午，我們在校門口集合，搭上遊覽車。

沒有人在遊覽車上唱卡拉ＯＫ，也沒有放恐怖片，車子搖搖晃晃到了殯儀館，我們搖搖晃晃地下車，一些人嘔吐，一些人排隊去簽到。

如果佩珊可以主持自己的葬禮，她會說什麼？

請勿播放芭樂情歌？老師不准致詞？讓熱音社的同學到場演唱？現場不准出現百合花和奇異果？

恐怕她什麼也不會說。

這幾天製造的大量紙鶴堆滿了靈堂，幾乎比家屬為她準備的百合花海還多，四處串著、掛著，如果不是門口掛著謝佩珊同學追思禮拜幾個大字，我幾乎要以為是我們班的手工藝品展。冷氣像不要錢一樣狂吹，我打了一個噴嚏，實習老師瞪我一眼。

紙鶴瀑布的中間是一幅照片，佩珊的雀斑被修掉了，頓時覺得很不習慣。佩珊再也不會在早自習的時候笑咪咪地點名了，也沒有辦法和她一邊吃豆花一邊說化學老師的壞話，我只回想起一些微不足道的小事。當然還有更多，但我不願意去回想。

我們唱著詩歌，聽牧師說，所有人終會在天家相逢，不用害怕，不用擔心，佩珊會在天父慈愛的懷抱中等待我們完成自己的旅程。

江琳剛好坐在我身旁，她小聲地說——也許是自言自語——信神的人真是令人羨慕。

葬禮結束後，家屬帶著佩珊的棺木離開，據說那些紙鶴會跟佩珊的遺體一起火化。我看著江琳，江琳也正看著我。一些同學約好要去附近吃個飯，我婉拒了，江琳也是。我走出殯儀館，江琳跟著我走，江琳說：「你有沒有讀過一篇小說，主角是一個殯儀館的工讀生，他老是想著要逃出殯儀館，卻被困在那裡。」

我搖頭。

「這樣啊。」江琳聳聳肩。

我們沒有說話，在街上走了非常久，天氣很熱，我的背上起了細細的汗珠，內衣貼在胸口下緣，感覺有點緊緊的。我不知道要跟江琳說什麼，江琳似乎也是。

我們肩並肩一直走，維持不碰到彼此的距離，但偶爾還是會碰到對方汗濕的涼涼的手。我盯著附近的招牌和電線桿，直到天色變得昏暗，我才緊張起來，「這裡是哪裡？」

江琳搖頭，掏出手機。

根據定位系統我們很快找到了距離最近的捷運站，在天色全黑以前，彷彿沉默的兩人三腳那樣抵達。光潔明亮的捷運站，四周機器嗶嗶地響，江琳揮揮手，和我說再見。

我叫住她，「你可以借我嗎？之前說的那本小說。」

江琳的臉忽然亮了起來，「當然好，星期一就帶來給你。」

陰雨綿綿的星期一，江琳沒有出現。我本來以為是生病，或睡過頭，直到導師站上講台，告訴我們：「江琳失蹤了。」

對於一個高中生來說，失蹤意味著沒有出現在家、學校、補習班和以上三者附近的網咖。教官請大家一起尋找她，因為佩珊當初也是背著書包準備上學去的，但誰知道她居然就搭車到距離學校兩三小時車程的山裡上吊。

「不能輕忽。」教官說，「這件事學校會當成校安問題處理。請同學幫忙找出江琳同學的照片，學校會製作尋人啟事，麻煩大家協助轉發。」

我把錢包、悠遊卡和手機塞進外套口袋，假裝要去買早餐，偷偷溜出教室，我猜想大家晚一點會瘋狂轉發尋人啟事，說不定已經有人正在編輯文章了。但我不想坐在教室裡，等著有人告訴我別人的死訊。

我需要一點線索。

我下樓，經過保健室，小心穿過小椰林大道（上個星期才有同學的頭被落葉打破），爬上技藝館滿布灰塵的樓梯，到了網管小組的地盤。我敲敲沉重的鐵門，傳說中掌管學校BBS和所有個版的版主蜥蜴每天都不上課，就窩在這裡。這個人據說高一就拿到數學奧林匹亞金牌，直接保送大學，根本不需要上課。

門開了一條縫，一對明亮的圓眼睛上下打量我，「我還以為是教官。」

「我有件事想拜託網管小組組長。」我說。

「你找我？」門縫稍微再打開了一點，眼睛的顏色很淺，像混血兒。聲音尖而細，是女孩子。我一直以為蜥蜴是個男生。

「你是蜥蜴嗎？」

「是的。如假包換。」門又打開了一點，蜥蜴是個有著牛奶般的白皮膚，淺色長髮，高挺鼻梁，但非常之矮的混血美女，「你想做什麼？」

「我想知道能不能查到一個人的資料。」

「我不能給你。」

「但這非常緊急，因為這個人很有可能要去死！」講完我自己也後退了兩步，去死，這兩個字聽起來好赤裸。

「你知道這件新聞嗎？」一家社群網站拒絕發給死者家屬死者的帳號和密碼，因為他們認為就算是死人也必須保有隱私，更何況，你說的這個人根本還沒死。」

「但拯救生命應該在這些事之先吧？」

「你怎麼知道這是在拯救對方，還是把這個人拖回痛苦的世間？」我愣了一會，蜥蜴看著我，搖搖頭，「你們班的事情我有聽說，外面很冷，你先進來吧。」

她打開門，「記得脫鞋。」

我脫下帆布鞋，放進門後的鞋櫃，網管小組的辦公室是一個電腦教室，裡頭非常溫暖，我把外套脫下，掛在椅背上。

蜥蜴坐在老師專屬的那個中間座位上，四排走道配置的電腦都在她掌控之中。

「說吧，你想找什麼？」

「我想知道能不能找到失蹤的同學在BBS站上活動的所有資訊。」

「我可以做到，但不能給你。」

「為什麼？」

「隱私。」

「但這件事……」

「你很自私，你只是不想看到有人死去，就不管對方跟自己熟不熟，一定要去把對方撈回來。」蜥蜴聳聳肩，「我知道那是什麼感覺。你救回她，她還是一樣孤獨，除非你願意去改變這件事情。」

「我願意。」

「好。」她把椅子轉回螢幕前，轟隆隆放下投影幕，她切下幾個按鍵，電腦上顯示出蜥蜴的社群網站，我看得出來，現在整個網站鋪天蓋地的被江琳的尋人啟事淹沒。

「其實，如果沒意外的話，搞不好下午我們就找到她了……」她看著螢幕，「擴散率很驚人啊。」

「我得去找她。我希望有更好的結果，我想改變。」

「那你應該要知道一些線索，比方說，這個ＩＰ代表什麼。」她打開一個黑色視窗，視窗噴出一串白色數字，「實名制BBS的好處就是這樣，我只能告訴你，她最後一次上站的位址是這裡，剩下的你得自己找出來。電腦請隨意使用，我會在這裡等你告訴我答案。」

「告訴我這個沒問題嗎？」

「這是你們班班版她回文的IP，我想應該沒有違背我的原則。」

我打開一台電腦，忽然想到，「欸，但我要怎麼知道什麼IP在哪裡？」

「白癡。」她搶過我的滑鼠，開啟了一連串黑色的視窗，「你看這個，這是學校內部網路綁定的電腦，這個則是每個電腦的位置，透過位置我們可以知道她在什麼地方……你看，這個IP是圖書館二樓的電腦。」

「她在圖書館？」

「我看看喔……應該是她三天前在那裡，現在我們要找出她的位置，必須——」

她停下來，瞪著我，「不對，我不該告訴你的。」

我決定賄賂她，「二五三零的冰淇淋紅茶一年份，我請你每天喝。」

「不行。我是駭客，駭客這麼容易被收買也太遜了。」

「偵探小說裡的駭客都會很輕鬆地被錢收買。」我指出。

「那不一樣，」她說，「這太沒有格調了。」

「不然你想要什麼？」

她歪頭想了一會，「這樣吧，你陪我吃飯，一週三次，新北自助餐。餐錢我會自己付。」

「啊？」

「你覺得一個人窩在這裡很好玩嗎？」她問。

「應該比上課有趣吧？」我自己也不很確定。

「我沒有朋友，學弟妹崇拜我，學長姊討厭我，出現在教室，同學都會覺得莫名其妙，大家都覺得有好大學念就是高中生涯的終點。我的高中生涯提早結束了，但又還不是大學生。也沒有人可以講話，除了教官，也不會有人來這裡看我，總是自己一個人，很無聊啊。」

「跟我想的完全不一樣。」

「大家都會覺得提前有學校念很開心吧，我的確是每天在做自己喜歡的研究，但我覺得非常、非常無聊。好像全世界不會發生新鮮事一樣，就算發生了，也找不到人分享。」

「一週三次，嗯，剩下兩天你可以來我們社團一起玩桌遊，我們都一邊吃飯一邊玩……」

「真的？大家每天都聚在一起？」她睜大眼睛。

「我想你的問題可能只是混的社團不夠多……」

「什麼意思？」

「我有三個社團，每天都過得很充實，老實說可能有點太充實了……這次段考我的數學就被當掉了。」

她用一種看外星人的眼光看我，「數學？」

「不要這樣嘛。」我求饒。

「好吧，」她要我讓開，在我的位置坐下，打開更多視窗，「回歸正題，我們來看看她最後一次上站是什麼時候……」她飛快地鍵入幾個字，「就是剛剛，資料全都在這裡，但學校外面的網路我們很難定位，因為最終都會牽涉到彰化或什麼地方的機房……」

「她上來看自己的尋人啟事嗎？」

「不是，你看這邊，這是一個個版，目前除了她自己還沒有人進去過……」

於是我們得到了江琳的個人版面。她自己發文，自己下註腳，自己回覆。我不能想像這是多寂寞的事。

作者 **ghostlivesin（鬼的狂歡）**
看板 **BeATree**
標題【鱷魚】月之暗面

這是關於新生活的希望與絕望。我的面具蔓延到所有的地方了，我無處可躲，我越來越蠢。好聰明的小丑，盤算著每個人的反應，然後吃下更多的東西。可是有時已經是譏嘲了，很快我就會變成完全的小丑。

四點半站在圖書館對面的馬路上，思考回去念書之後該念到幾點，踢著石子往前走，我真的沒有必要混到八點，所以準時回家不是犯罪，可是明明決心要開始新生活了……最後和大家說再見之後，一個人走回家，有點高興的和自己說，你現在自由了噢，你想去哪裡？我不知道，也許爸媽還沒下班，所以我們還是回家，沒有地方可去。讀書、睡覺。在進家門前深呼吸，可是我真的想不起來，今天、昨天、前天有什麼快樂的有趣的事情，我想不起來，我沒辦法說話，「我回來了」說得沙沙的。外面的我已經快要死掉壞掉了，要操作我自己要花好大的力氣，那些機器都要崩塌了。我嘗試不去想這件事情。

還是來說今天的事情吧，我做了一個和性有關的夢，非常不舒服的夢，醒來以後內褲是全濕的，但是我什麼也不記得。中間好幾次迷迷糊糊地醒來，且隱約帶著惡夢的記憶。爸爸來叫我，問我一個他自己發明的、關於今天星期幾的謎語，我知道答案，誰都知道答案，但我發不出聲音，我沒有力氣，用棉被把頭包起來，只發出含糊的聲音。爸爸走了，留下門打開的一條明亮的光線，和我。

我應該要起床的，不然他們會罵我，再來叫我，但是我真的沒有辦法了，我不能告訴他們，他們會送我去其他地方，醫院，他們不會說我瘋了但是他們會知道我不正常，不能讓他們知道我的樣子是這樣，他們只是想要一個普通的家庭但是我給不起我不是那樣的人……父母交談的聲音，是不是我得要起來扮演我該扮演的角色了，在我該在的位置，我和自己說，數到一、二、三，你就要起來。但這次我無論如何不想動，我是自由的，做任何我想做的事情，我默念這兩句話，卻由衷感到害怕，為什麼他們沒有再來叫我？為什麼不責備我？又待了一會我才起來，沒有人責備我，他們只說些普通的對話，我懷疑他們是用沉默來懲罰我。

自從我看過媽媽在哭之後，連她的哭泣對我都是譴責，什麼事情已經忘記了，她躲在黑漆漆的房間裡掉眼淚，那個時候我就分成兩個了，因為太害怕而不斷地道歉，可是我什麼也感覺不到，不覺得我錯了，也不覺得我必須負責安慰媽媽，我沒有感覺，但是在那之後是什麼呢？在哭之後到底會怎麼樣，會發生什麼事情？我期待有人能夠好好地跟我說明這一切，但只要我想開口，所有人都會露出一副我怎麼可以不明白的表情。

這樣掙扎到底有什麼用，寫著寫著又哭了起來，我起床的時候是十三點十二分，在床上又過了多久，我也不知道，每次我以為自己可以延遲面對我終究要起床這件事情，不斷自我催眠，並為了微薄的自由沾沾自喜就覺得後悔又可悲。我和自己說，好，就這樣，我決定要賭一把，但發生的事情卻全無改變，那我還不如不要知道，不要有任何決心，我只覺得可恥。我以為他們不再理會我，我就自由了，可是為什麼我覺得自己被沉默所懲罰？

關於這一切不過是反覆的兩極，但是這些事情不過是一直重複，我想要對抗卻找不到施力點的沉默，沒有人責備我，好讓我自己有個目標去生氣、去恨，那邊什麼都沒有只有牆壁，怎麼破壞都沒有一點動靜的牆壁。鋪滿軟墊的精神科病房。不去收拾碗盤，那些東西就會永遠在那裡，直到我被命令而無可逃避為止。

下午的事情是早上的重複，我受不了我自己，又整個人埋進棉被裡大哭，寫筆記能至於此真不可思議。又睡著，五點鐘被叫起來吃飯，一邊更往裡面躲，一邊覺得害怕，我能躲到什麼時候，然後乖乖起來，過一種無機的生活。

「好像吃痛苦長大一樣。」蜥蜴說，「讀著覺得好難過。」

我沒有回應她，我被這篇文章嚇到了，前幾天想和我攀談的江琳懷抱的是怎樣的心思呢？是想要抓住眼前唯一一條救命索嗎？但我居然沒有怎麼回應她，如果當時我多說什麼，會改變這一切嗎？

「能幫我一下嗎？」我問道，「有沒有辦法可以快速分析她這個版面的所有文章？」

她想了一下，「可以，我寫個程式把純文字抓下來，我們再用關鍵字分析找出文章裡面出現頻率比較高的詞。」

「這樣寫程式要多久呀？」

「抓文章的五分鐘，跑關鍵字分析可能要一天。」

「這樣來不及。」

蜥蜴在教室裡來回踱步，「我想到一個比較好的寫法，十分鐘就可以搞定。」

「為什麼差這麼多？」

「我不知道怎麼跟你解釋，但反正程式不是什麼很難的東西。」她坐到電腦前，「這十分鐘先不要跟我講話，你自己找點事情做吧。」

我覺得有點睏了，於是趴在桌上小睡片刻。夢見一個森林，所有我認識的人都吊在樹上，他們戴著繩圈，晃盪著來追趕我，要把我也套上繩圈。我沒命地一直跑，接近森林的出口時，佩珊在我面前降落，將我套上繩圈。我被繩子拉到很高的地方，在樹枝的縫隙中，看見湛藍的天空和純白的雲朵……不知為何，我竟感覺心情平靜。

好像才剛閉上眼，蜥蜴就把我搖醒，「你快過來看結果。」

關鍵字分析的結果是「死」、「自死」、「哲生」、「妙」、「國峻」和「鱷魚」排在最前面。

國峻這個名字好像在哪裡聽過，我們丟進搜尋引擎，得到〈國峻不回家吃飯〉這首詩，指的是三十多歲時自殺過世的小說家黃國峻，並在詩裡找到了「哲生」，小說家袁哲生，同樣是自殺過世。

「妙」和「鱷魚」是一組的，還有包含琳的ＩＤ「鬼的狂歡」，指的是小說家邱妙津，毫無疑問也是自殺過世的。

三個作家都聯繫上「自殺」這個關鍵詞，讓我冷汗直流。

「我覺得她確實想死。」她指出，「你得趕快找到她。」

我穿起外套，「那你呢？你要跟著我去嗎？」

「去哪裡？」

「報案。我猜學校還沒有做這件事情。因為沒有明確證據，也還沒有超過一天。」

「要怎麼出去？」

「你沒有翻過牆嗎？」

「那不是會被記過嗎？」

「教官沒看到就好啦。」

我慢吞吞地綁鞋帶，「你不走的話，我就要自己去啦。」

「等等，」她說，「我們直接過去是不行的，要先打個電話。」

「打電話？」

她點頭，「我最擅長打電話。」

她坐回自己的寶座，忙碌地敲打鍵盤，最後，戴上附有麥克風的耳機，「喂，您好，是，我要報案，我們學校的同學，是，我是洪教官，我們有位同學在網路上發布了自殺訊息，希望能麻煩……是，等一下會請兩位同學協助說明，好的，謝謝您，我們同學等一下會去局裡說明。」

她拿下耳機，「好，成了。」

「你怎麼能騙過他們？洪教官的聲音跟你完全不一樣。」我問。

她拔掉耳機的線路，動了兩下滑鼠，「是，我是洪教官，我們有位同學……」

這是剛剛的錄音，當洪教官低沉的嗓音被音響大聲播出時，我簡直不敢相信自己的耳朵。

「這是什麼？魔法嗎？」

「你沒看過柯南嗎？」她噗哧一聲笑了出來，「只是變聲軟體而已，所有的駭客都會準備這個。」

「我不知道那都是真的。」我無限欽佩地看著她。

「好了，趕快走吧，警察局還在等我們去說明呢。」

下課鐘響，正是趁亂出去的大好時機，她套上球鞋，「從哪裡翻牆最近？」

「樂教館後面，靠近後門的地方，有一張小桌子。」

翻牆其實是翹課的整個環節中最簡單的地方，如何在學校附近閃避教官的巡邏，才是最困難的。

聽過一個笑話，一學長騎在牆上時，被牆外路過的教官逮個正著，教官恐嚇他，「我記得你了，翻下來跟我走，一支大過；翻回去，兩支大過。」

蜥蜴踩上桌，好奇地問，「那學長怎麼選？」

「一支大過。」

「是我就會翻回去，教官搞不好根本不記得我。」

她翻過牆，在牆外說，「嘿，這就是自由的空氣嗎？」

「等等我呀。」我踏上桌子，撐起自己，也翻了出去。

仁愛路

適宜漫步，用腳去欣賞平整的地磚，從窗外看藝品和珠寶。適宜慢慢開車，打開窗戶，讓鄰近幾間學校穿制服的孩子打鬧著過馬路，樟樹青翠的綠意覆蓋了整條道路，彷彿吹來的微風都帶著清香。

我們趕去警局的時候，黃組長已經等我們一陣子了。

警局的玻璃門很亮，上頭反映出我和蜥蜴的倒影，看不見裡面是什麼情況，我們推拉一陣，才由我往前跨進警局。

自動門打開，一位坐在門口櫃台的警察抬起頭看向我們，他理平頭，曬得黝黑，體格很壯碩，摔角選手的那種壯，看起來還不到四十歲。

「洪教官呢？」

蜥蜴很機警地說，「教官正在開會，請我們自己過來。」

警察點點頭，「我姓黃，是網路組組長。你們請坐，不用緊張，把發生的事情好好地告訴我就好。」

除了報案的櫃台，還有一群穿著警察制服、配著槍的人來來去去以外，警察局和任何公家機關並無二致。我在黃組長面前坐下，才注意到他背後有一尊關公像，剛點上香，飄著裊裊的青煙。

「同學在網路上發訊息，大概是多久之前的事？」

「大概一個小時以前。」我說。

「能讓我看看嗎？」

我打開手機，叫出江琳的文章給他看。

他搔搔頭，「這有點太……怎麼說呢，意圖有點不太明確。同學失蹤多久了？」

「今天早上到現在。」

「這有點難判定同學是不是有需要公權力介入的地方，這樣說你們應該懂吧，如果不是很緊急的事情，比方說要傷害自己什麼的，我們不能……」

「但她崇拜和喜歡的作家都是自殺過世的。」我打斷他，「邱妙津、袁哲生和黃國峻都是，這難道是一種巧合嗎？」

黃組長皺眉，「總不能因為一個人喜歡什麼就說對方會模仿那種行為吧？我喜歡木匠兄妹，不代表我也會得到厭食症啊。」

我歪頭，「木匠兄妹？」

「一個兄妹組成的樂團，妹妹因為得到厭食症，最後絕食而死。」黃組長說，「現在的年輕人都沒聽過嗎？」

螢幕閃爍，我和黃組長一同看著手機，一篇新文章。

作者 ghostlivesin（鬼的狂歡）
看板 BeATree
標題 我好想死

好想死好

想死好想死好想死好想死好想死好想死好想死好想死好想死好想死好想死好想死好

想死

「這是你同學的帳號嗎？」

「對。」

「可以知道她從哪裡發文章嗎？」蜥蜴問。

「恐怕有點困難，因為最精細只能找到附近的機房，只會得到很粗略的位置，比方說可能在大安區或信義區發文，但你知道一個區很大，不可能真的透過這個方法來找人。不過，真的很緊急的話，可以從手機定位她的位置。」黃組長皺眉。

「可以告訴我們她在哪裡嗎？」

「嗯……這樣吧，你留下同學的姓名、出生年月日、手機號碼，你們兩個的身分證字號和手機號碼，我們這邊就正式受理你的報案，你們就可以回去上課了。」

「那要怎麼找到她？」我問。

「交給警察吧，我們會努力找到那位同學的。」黃組長說著，站起身來，「我送你們回學校吧，有沒有坐過警車？」

「這樣會不會不太方便？」我問，心裡暗暗擔心他真的去找洪教官。

另一個警察走過來拍拍他的肩膀，他讓開位置，讓對方坐下。

「巡邏的時間到了，你們不介意的話，我開車送你們回去。」

我瞄了手機一眼，剛剛那篇新文章消失了。蜥蜴對我使了個眼色。

「好。那就麻煩了。」我說。

要問我搭警車是什麼感覺，我只能說比一般轎車舒適一點，可能因為比較新吧。

「你們每天會收到很多這樣的報案嗎？」我問。

「這個區域不算多，每天大概三十件吧。」

「這麼多？」蜥蜴和我都很震驚。

「是啊，世界上每天都有很多很多的人過不去，要傷害自己。」

「那是什麼感覺？」我問。

黃組長的手指在方向盤上輕敲，「其實，到最後也沒什麼感覺了，只是像你們這麼年輕的孩子也想不開，我覺得很擔心。」

「擔心什麼？」

「擔心這個社會是不是越變越壞，擔心我未來的孩子是不是也會覺得不值得。」

「未來的孩子？」蜥蜴重複道。

「我還沒生小孩啦，一直在考慮要不要生，我老婆是想生，但我對這件事就想很多……」黃組長乾笑了兩聲，「你們現在可能還不懂吧。」

我不知道要說什麼，蜥蜴可能也不知道，黃組長看我們沉默不語，自己把話題接下去，「我以前有個朋友也是這樣走的，希望可以幫你們趕快找到同學。」

「你會不會想問為什麼人要這樣傷害自己？」我問。

「當然會啊，但想想，他應該是承受了很大的痛苦，現在解脫了，我們要祝福他。」

「我一直不懂為什麼人要這樣做。」我說，「如果死了，痛苦沒有解脫，那該怎麼辦？」

「有時候人是不會想到這麼多的，因為太痛苦了，沒辦法看見有效的解決方法。」黃組長打了方向燈，再一個十字路口就到校門口了，「我是這樣想的啦，人活著，就還有希望，死了就什麼都沒有了，如果找到你們的同學，我也會這樣跟她說。」

車沒有停在校門口，蜥蜴有點緊張地瞪著窗外，「學校已經過了。」

「噓，我帶你們去見一個人，不要跟洪教官講。」黃組長神祕兮兮地把指頭壓在嘴唇上，「文學不是我的轄區，但我可以找到這個轄區的頭兒。」

「什麼意思？」

「等一下左轉，經過大安森林公園，你們進巷子裡，按電鈴，找四樓羅老師。」

「為什麼？」

黃組長嘆了一口氣，「我不懂文學，所以幫你們找一個最懂文學的人，他也許可以幫你們從同學那些奇奇怪怪的文章裡頭找到一些線索。」

「四樓羅老師是誰？」

「他是一個作家，小說家。」黃組長說，車停在小巷入口，「我跟羅老師也算有點交情，就說你們是黃組長找來的人就好。」

「下車吧，就送你們到這裡。」黃組長按開車門鎖，「車子不太好停，我就不進去了。記得，手機要有電，有新消息我隨時跟你們聯絡。」

「為什麼要幫我們？」蜥蜴問。

「我想要讓社會變得好一點，起碼要對得起我未來的孩子。」

我們下了車，黃組長搖下車窗，揮揮手，警車經過十字路口，轉了個彎，消失在我的視線中。

「現在要怎麼辦？」蜥蜴沒好氣地問，在僻靜的巷弄角落，圍牆外盛放九重葛，眼前是一幢老公寓，外牆貼著綠色小方磁磚，看上去沒有電梯，起碼有五十年歷史了。

我伸手撳下電鈴，「只能這樣了。」

過了好一陣子都沒有動靜，安靜得可以聽見停在九重葛上的麻雀鳴叫。忽然一陣雜訊，麻雀飛跑，一個粗啞低沉的嗓音問道：「找誰？」

「我們想找羅老師。」

「你們是誰？」聲音聽起來有點嚴厲。

「大安分局黃組長要我們……」

紅漆鐵門喀答打開，「上來吧，黃組長剛打過電話來，他說你們有些問題要問我。」

陽光從氣窗灑落在陰濕的樓梯間內，角落結了些小小的蜘蛛網，我扶著褪色的大紅橡皮扶手往上爬，蜥蜴在我背後嘟囔著好累，爬到三樓，我們喘著氣往上看，一個高大的身影擋住了陽光，是一個穿褪色卡其褲和灰色羽絨衣的阿伯。

「嗨，黃組長沒說你們要問什麼，他這人也真夠怪的，一通電話就要我接待你們這些小客人，說有很緊急的事情——你們最好不要是學校有報告和作業要交，所以賊兮兮地拜託黃組長來問我啊。」

蜥蜴搶著說，「你知道袁哲生、黃國峻和邱妙津三個名字，代表什麼意思嗎？」

羅老師臉色一變，「我當然知道，是要問他們的事情嗎？」

「是，也不是。」我補充道，「我們有個同學要去自殺，但她留下了很多我們看不懂的文章。」我說，「我們去報案，黃組長就把我們帶來這裡了。」

羅老師的臉色柔和下來，「先進來吧，進來慢慢說。」

鐵門後是種滿花草的陽台，才剛剛澆過水，葉片濕淋淋的，還滾著水珠，散發植物的清香。我們在陽台脫了鞋，隨羅老師進入客廳，擺了一架電視、有些褪色的布沙發、一只茶几和一張餐桌，東西雖然舊，但都很乾淨。羅老師請我們在餐桌旁坐下，他去泡茶，家裡還有一點小餅乾，他去拿來招待我們。

我注意到桌上的水晶菸灰缸歪七扭八地插著很多菸蒂。羅老師端著茶壺和茶杯過來，看見我們正盯著菸灰缸看，便不好意思地將菸灰缸收了起來。

等到一切妥當，我們面前斟滿紅茶，放了餅乾，羅老師才拉開椅子坐下。

「你們想知道什麼呢？」羅老師摩挲自己長滿鬍子的大臉，「我以為現在的孩子已經遺忘這些名字了，你們還記得，真是太好了……那可是我們這個時代的一些小說怪物、天才，但不知道為什麼集體夭折了，剩下的人，好像都活在那個折損的驚懼中，不知道下一個是誰。過了這麼多年，剩下的人還是沒擺脫這個陰影。」

「想知道這三個人有什麼關聯性，為什麼我們的朋友——她叫江琳——會這麼喜愛他們，又為什麼在一個沒有人會看見的看板留下了這麼多的文章，一聲不響地消失不見？」我說，「如果不是蜥蜴，我甚至不知道有這些文章存在。」

「等等，你的朋友在一個沒有人會看的地方寫了很多關於這三個人的文章，然後就消失不見了？這是什麼時候的事情？」羅老師問。
「今天早上到現在。」我說，「目前唯一的線索好像就是這些文章。」
「天啊，難怪黃組長跟我說你們有急事！」羅老師站起來，在客廳四處張望了一會，「但看了文章我也不一定能解讀出其中的……怎麼辦呢……」他自語道，「只能先談談這三個人的……這有什麼用……」
我瞄了手機一眼，發現早上和蜥蜴一起看的文章已經不見了，「她開始刪文章了！」
「我在學校的電腦已經備份好了。」蜥蜴說。
「那個又不能拿給羅老師看。」
「噢對，沒錯。」蜥蜴說，她瞄了自己的手機一眼，「她連我之前動用管理者權限做出來的假文章都刪掉了。」
「那是你發的？」我有點驚訝。
「停，你們太快了，我老人家追不上。」羅老師比了個暫停的手勢，「現在是什麼情況？」

「你有電腦和印表機嗎？」蜥蜴說，「我先幫你把文章都印下來？」

「噢，也好，電腦在書房……字印大一點，我有點老花……」羅老師叮囑她，「電腦有點慢，你們新新人類不要太介意啊。」

書房傳來蜥蜴的聲音，「這沒關係，我幫你修，保證比最新機型還快。」

「真的？」

「修不好我就是小狗。」

「抱歉，」我覺得有點丟臉，「她真的很喜歡電腦。」

「不不，我還要謝謝她，幫我修我的老爺電腦。」羅老師笑笑，「我們進入正題吧。」

如果查看維基百科上二十年前，乃至三十年前的台灣大事，可以稍稍窺見那時代的一點端倪，一些大人會說那是一個凡事向錢看的、庸俗的時代，一些大人則說那是台灣最美好的年代，台灣錢淹腳目的時代，對此他們無限懷念。

邱妙津將自己的生命定格在一九九五年，黃國峻是二〇〇三年，袁哲生是二〇〇四年。

二〇〇四的年是很奇怪的一年，法蘭西斯・福山提出「歷史的終結」，在這一年被證實為終結，美軍占領伊拉克，卻找不到任何毀滅性武器，這是為期十年的反恐戰爭的序幕，在我想這件事的時候，已經有許多人無意義地死去，而這些人的人數還在增加。如果這些死者可以組成軍隊，那也許是可以征服全世界的數字吧。但沒有任何人得到好處，且，沒有人對這樣的戰爭有什麼感觸。這個世界似乎變得更歪斜一點了，因為我們的種種舉措，因為那些提前離開的人。十五年了，到現在都還看不到盡頭，世界好像繼續被拉扯著往某個核心旋進去，最終會壓縮成向內塌縮的黑洞。

有人把這三個人稱呼為「內向世代」，因為他們的作品都是向內考掘自己，自問生命的本質是什麼，人值不值得活。

關於袁哲生的故事是這樣的，哲生下班之後沒有回家，太太打電話問他的同事，同事發覺不對，立刻報了警，警察從車上的衛星定位找到他，那時他已經在樹上掛好一陣子了。

可惜還要更久一點，因為整個縣唯一的法醫都在忙著，所有人只能在那兒乾等，不能把他放下來。

關於黃國峻的故事是，黃國峻白天在家裡上吊，傍晚被家人發現。袁哲生那時還活著，寫了一篇文章哀悼他，說他提早畢業，想不到過了一年，袁哲生也畢業了。

邱妙津的故事，應該每個高中生都聽過了，她在住處用刀子刺向自己的心臟，就那樣結束了生命。說得很輕巧，但不知道後面是怎樣大的痛苦，她把遺稿和日記寄給朋友，讓朋友把這個故事繼續說下去。

「之後，那個朋友怎麼了？」

「隔了很久、很久以後，才重新開始發表作品。」羅老師說，「這件事情核彈一樣衝擊每個人，邱妙津問著自己，也問著當時的戀人說：『我不美嗎？』其實我們這些經歷爆炸的人，都畸形又歪曲地活下來了，那些為了維持美的姿態的人，都被迫蒸發、死去了……並不是說那不是自殺，而是在那個高燒的環境底下，誰都不免要生出一點歪斜……」

「你也是嗎？」

羅老師看了我一眼，大大地嘆了口氣。

「唉，這些人死得太早囉。」羅老師喝了一口茶，又吃了一塊餅乾，「如果活到我的年紀，面對父母過世，自己生大病，小孩長大，感覺一定很不一樣。」

「我沒辦法想像那是什麼感覺，我甚至還沒二十歲。」

「噢！你真的好年輕，過這麼多年，我已經忘記對面坐一個年輕妹妹是什麼感覺了，天，你讓我感覺好老。」他很誇張地說。

「對不起。」

「哈，我開玩笑的，幹嘛要道歉？」

「我剛剛不該那樣問你。」

羅老師笑一笑，「哎，你真的很年輕。」

「但我真的很希望能把江琳找回來，」我說，「另一個同學死後，我開始覺得自己對這個世界有點責任。」

「你還這麼年輕就經歷過這些？」羅老師幽幽嘆了口氣，「同學死了，然後是另一個同學要自殺……」

「我不知道，那個死掉的同學叫做佩珊，她一個人去山裡上吊。」

「聽起來很像哲生。」

「這是真實發生的事，她死前才把手機打開，其他人找到她的時候，她的身體還是熱的。但你說早一點發現就能救得回來嗎？我看也未必。」我對自己的想法冷哼一聲，「救？真的是救嗎？這個虛無痛苦的人世，我有時候都想自己怎麼活下去。」

「不要這樣，人世間還是有很多快樂的，雖然阿伯不知道怎麼說服你值不值得，但就連小狗圍繞著阿伯的腳邊轉來轉去，阿伯都覺得很快樂哩。」

「你好容易快樂。」

蜥蜴抱著一大疊紙走了過來，「恭喜你，你現在有一台跑得像飛的電腦了。」

「噢，你怎麼辦到的？」羅老師很是驚喜。

蜥蜴聳聳肩，「把螺絲鎖緊，風扇積的灰塵清乾淨，清理磁碟……啊，都是些小事，你需要的話還可以幫你把檔案自動備份到雲端。我聽說作家都不太知道怎麼用電腦，原來是真的。」

羅老師不太好意思地抓抓頭，「我是老人嘛。」

「這邊是江琳的所有文章。」蜥蜴把那疊紙放到桌上，「我剛剛上去看，文章幾乎要刪光了。」

「我來看看……」

「關鍵字有標示顏色，黃國峻是黃色，邱妙津是紅色，袁哲生是藍色。」她說著，把文章分成三疊，「有小說，有信件，有日記……應該是日記吧？你們想先從什麼開始看？」

我隨意翻動著文章，突然看到一個關鍵字，把文章抽出來讀，「袁哲生這篇有提到一個地點，她可能會去那裡嗎？」

「哪裡？」

我深吸一口氣，「袁哲生的塔位。」

「那要怎麼去？」蜥蜴問。

「看地圖？」

「我知道在哪裡。」羅老師說，「那很好查的，聽說每年都會有一些袁哲生的讀者去那邊探望他。」

「那叫做『探望』嗎？」蜥蜴問道，「活人才叫做探望吧，死了只能說懷念。」

「或者紀念，哎，我聽說他們像對活人一樣對他，會在他的靈位前放上香菸。」

「他喜歡抽菸呀？」

羅老師大手一攤，「我也喜歡，待會先讓我抽根菸，我帶你們去那邊繞繞，兜兜風，看有沒有什麼線索。」

「如果找不到任何線索呢？」蜥蜴問。

「我猜想她在台北會有幾個想去緬懷的地點，如果她真的是鍾愛這些作家的讀者。離我們最近的是邱妙津的羅斯福路、溫州街，袁哲生的動物園是圓山動物園，不是木柵動物園，燒水溝在嘉義——這個我們不討論，至於黃國峻我也搞不清楚他喜歡什麼地方。」羅老師說，「也許從台大開始會是個好主意。」

「但台大那麼大，要從哪裡開始找起？」我問。

「喂，」蜥蜴說，「她發了新文章。」

作者 ghostlivesin（鬼的狂歡）
看板 BeATree
標題 我要

到那人的房間躲起來，直到生命結束。

「你覺得呢？」

「剛剛刪文章的速度不夠快，」蜥蜴沒好氣地說，「很明顯她知道有人在看了。」

「我不是問你。」

「那這裡還有誰可以問？」

羅老師咳了兩聲，「三個人都有關於房間的意象，但這個房間到底是真實存在的某個房間，還是指的是別的事物，可能還要討論。」

「這附近有類似這樣的地方嗎？」

「這個我就不知道了，」羅老師說，「台大裡面有一些廢棄的校舍，我想是有可能的地點。」

「別討論這些，沒什麼時間了。」蜥蜴看了看手機，「人命關天，我們趕快出發吧。」

羅老師點點頭，站起來，走出門，我們魚貫跟著他，走下樓梯，走近巷尾停著的一台車。

車子是一台看起來磕磕碰碰地行駛了很多年的灰色豐田汽車，車裡堆滿加油站送的衛生紙和抱枕之類的雜物。羅老師上車之後車子傾斜了一邊，我上了副駕駛座，當作自己什麼都沒看到。蜥蜴鑽進後座，關上車門，把自己埋在衛生紙和抱枕之間。

羅老師發動引擎，「出發囉！」

「可以小聲一點嗎？」蜥蜴說，「我好累，想睡一下。」

我們駛出小巷，開上大馬路。

羅斯福路

74路公車已經改名，大安森林公園的天橋可能也要拆除，唯一不變的可能是羅斯福路上的木棉花，盛開之後總會在行人的腳下、腳踏車的輪胎下，被碾壓成泥。

到台大的路程很短，我和羅老師來回討論了幾個可能的方向，卻還是沒有任何結果，只好先暫時把車停在校園內，去尋找羅老師說的廢棄校舍。

「要叫醒她嗎？」羅老師問。

「嗯……」我想了想，「總不能放她一個人在車上曬成乾吧。」

「我都聽到囉。」蜥蜴撥掉臉上的面紙，坐了起來，「說好一起走的。」

我和蜥蜴站在杜鵑花旁看羅老師謹慎地把車鎖好，怒放的杜鵑花在綠色草地的襯托下顯得更加鮮豔，我們往校園的深處走去，照著羅老師三十年前的記憶，找到了一個看起來像個小教堂的校舍，所有的事物在裡頭都生了灰塵，多了一些蕈類和蕨類。

牆上的白漆已經剝落，角落不知為何擺了一些燻黑了臉的神像，像被遺棄的布偶，沒看到香爐，也無其他陳設，就像是裝飾品一樣放在那兒。

「看來不在這裡。」蜥蜴說。

我們正準備離開時，一群戴口罩、穿著黑色連身工作服的人闖了進來，堵住了我們的去路。

「你們是誰？」隊伍最前面的人說，「噢，等等，我知道你是誰。」

對方拉下口罩，「不記得我了嗎？」

「張昕！」我驚呼。

「你認識她呀？」羅老師說，「那不就好辦了，請他們幫——」

「現在我叫黑桃。」張昕拉上口罩，遮住她精緻的鵝蛋臉，「我已經放棄名字、性別和身分，成為一個單純的『人』。」

「什麼意思？」

「意思是，我再也不是張昕，是噴漆小組的黑桃。」張昕揮揮手，「米奇，你最好記住這點，忘記你對性別和愛情的執著，加入我們，我相信全世界最終會變成一個沒有性別這種無聊東西的大熔爐。」

我往前一步，想抓住她的手，「你為什麼不跟我聯絡？」

張昕揚起手上的某個尺規似的東西，狠狠打了我的手，我縮回手，感覺手指熱辣辣的。

「你沒事吧？」羅老師問。

我沒辦法回答。

「我說過了，我不是張昕，當然沒有和你聯繫的必要，我沒有必要『愛』一個個體，因為我愛的是整個人類。」

「這個女的是不是怪怪的？」我聽見蜥蜴小聲地對羅老師說。

羅老師點了一根菸，清清嗓子，「這裡是你們的地盤嗎？」

「不，我們沒有地盤，也就是說，整個世界都是我們的地盤。」張昕，不，黑桃說著，揚起眉毛，「我們在校園內留下我們的足跡，告訴世人我們的存在。邀請他們加入。」

她接著說，「當然，米奇，我知道你是聰明的人，如果你加入我們，我也會很樂意把你介紹給所有人，我們不是兄弟姊妹，不是宗教，我們就是『人』，我們所有人都是。」

「米奇的朋友請讓一讓，我們要開始工作了。」黑桃說著，把手上的尺規架上牆壁，我才看清那是一個模版，用工整的字體寫著「性別是沒有窗戶的房間」。

黑桃熟練地從口袋掏出噴漆罐，轉頭對羅老師說，「抱歉，可以麻煩你熄菸嗎？否則可能會有點危險。」

「我們出去就是了。」蜥蜴說，噴漆小組的其他人讓開了一條路，讓我們走出去。

「你沒事吧？」羅老師拉著我離開廢棄的校舍後，又問了一次。

我搖頭。只是一點小狀況。真的。

「那是誰啊？」蜥蜴問道。

「比我們大兩屆的學姊。」我說，「我不知道她現在……」

「什麼叫做不能愛一個個體？」蜥蜴追問，「你們在一起過？」

「不算是在一起吧，說來話長。」我感覺整個人暈呼呼的，手指好像有點腫起來了。

「你們沒有在一起？你愛她嗎？」

「不要一直問這種問題。」羅老師擋在她跟我之間，「你沒事吧？手有沒有怎麼樣？」

我搖頭。羅老師把我拖到附近的樹蔭下。

「好了，現在狀況有點混亂，我們來好好談談。」羅老師說，「這邊有一些信件什麼的，是你們失蹤的同學留下來的。然後你跟剛剛那位……黑桃？你跟黑桃以前有點關係，但這件事跟你失蹤的同學沒有關係，對嗎？」

我點頭。

「記得嗎？我們得去找你不見的同學呀。」

我點頭。

「但她剛剛提到房間的事情，我想她大概也知道什麼。搞不好房間是大學生最流行的用語。」

「要不要看看邱妙津那個部分的文章？在這裡瞎猜也沒有用。」

「但那放在車……」羅老師說到一半，蜥蜴便從背後魔術一般拿出剛才印好的文章。

「先別管米奇了，阿伯你看看這篇吧。」

作者 **ghostlivesin（鬼的狂歡）**
看板 **BeATree**
標題【鱷魚】第一書

親愛的鱷魚：

我第一次穿上人裝，好像是很久以前的事情了，久到我自己都忘記了。我一直知道自己和別人不太一樣，比別人多需要一層殼來保護自己。

你說，你穿上人裝，假裝成人類，混在人群中行走，可還是偶爾會有點寂寞，想知道世界上還有沒有其他鱷魚。你看見布告欄上有鱷魚派對，興沖沖地參加了，卻發現那是人類裝扮成鱷魚的派對，因為你太真，大家都被你嚇跑了。

我寫這封信是想告訴你，我在這裡，我有一些話想說——我知道，你會聽。就算我很害怕、很不安，你也會聽我說。

我想跟你說的第一件事情是，我其實怕黑。我的父母崇尚愛的教育，所以他們不會打我，會把我關在黑暗的浴室中，要我反省自己有什麼錯，反省夠了，再去和他們道歉。門沒有鎖，但我沒待到睡著就不敢出去，我怕他們覺得我反省得不夠，雖然我總不太清楚自己做錯了什麼事。

像是被拋棄在外太空一樣，我看著鄰居家的燈光，還有門外隱隱傳來的笑聲，覺得好像是從很遠很遠的星球傳來的。我知道，他們把我忘在這裡了。我常常覺得自己很容易被忘掉，因為在那片黑暗中，他們看不見、也聽不見我。

你也會怕黑嗎？你會不會在晚上抱緊小熊布偶，不知道一個人待在黑暗中該怎麼辦？我現在已經長大了，卻還是常常撐著不肯睡覺，直到天亮才願意放下手機。

作者 **ghostlivesin**（鬼的狂歡）
看板 **BeATree**
標題【鱷魚】第二書

親愛的鱷魚：

我長得不漂亮，對品味一竅不通，也打扮得非常俗氣。我知道鱷魚其實都差不多醜，但好像得穿上美美的人裝，才會有人想和你說話。

我曾經讀過一間貴族學校，一開始大家時常在假日出去玩，一開始女生們會建議我穿露肩小可愛，但我覺得太露了不敢穿，其他人就會笑我，說他們當我是朋友，給我建議，只要我和她們打扮得一樣，我就可以變成她們的朋友。我曾經把兩三個月的零用錢都砸到一件衣服上，但我還是不像她們那麼漂亮、可愛，發出逼人的光，彷彿一名高貴的公主。

於是我就沒有再參加過任何出遊了。她們說我不只醜，而且窮酸又髒。那時我時常嗅自己的制服，好像身上總是發出酸餿的味道。她們碰了我的桌椅就去洗手，好像我身上帶著病菌，但我也不怪她們，有時候，桌子會被倒上發酸的廚餘。

我對自己的外表一直有無法釋懷的自卑感，一直希望能突然變成超級美女，像《醜女大翻身》的女主角那樣——消失一陣子又回來，沒有人認得出你，只想巴結他們面前的美人。但我始終沒有變成那樣美麗的女孩子，也不太熱衷打扮，因為站在鏡子前，就會想到當時那個拚命想打扮好，希望別人能因此稍微喜歡我一點點的我。

我可能永遠不會對美麗的衣服和鮮豔的唇膏由衷感到快樂，我猜想，在很早的時候，就失去這個機會了。

作者 ghostlivesin（鬼的狂歡）
看板 BeATree
標題【鱷魚】第三書

親愛的鱷魚：

我現在還是比較常穿褲子，裙子總讓我有一種隨時會被人若無其事地靠過來，伸出手掀翻再嘻嘻哈哈跑走的恐懼，從小時候到現在，這依然會夢魘般地，在我套上短裙時提醒我，我知道自己僅是學會忽略心裡嗶嗶作響的警鈴而已。

我喜歡長裙、長褲，沒有特別原因，只是予我以安全感。最近才遲鈍地發現，這些往事很長一段時間，讓我在穿上任何衣服時，都會仔細考慮這會讓我面對任何危險嗎？並不是生理上的危險（像《超人特攻隊》，衣夫人一本正經地提醒，超級英雄不該有披風），而是那些若無其事的男孩子們，我拿他們沒轍，只要一生氣，他們就全部跑開了。

我只是可惜，沒辦法告訴從前的自己，不要害怕，這不是你的錯。我偶爾還是會想，當時為什麼是我，為什麼選中我，儘管，我也知道，這可能和我是什麼樣的人、穿什麼樣的衣服不必然有直接關係。很長一段時間，我都在設法變成「男生不會捉弄的人」。如果我是男生就好了，我會變成掀裙子的人，只要我是女孩子，無論我如何改變自己，那些捉弄都是一樣的。

直到我長得夠大，我才慢慢明白，那些掀裙子的男孩都跑得很遠了，我不用害怕嗶嗶的警報聲，我知道那只是幻覺。

「你覺得呢？」

「我頭好暈。」我說。

「不是問你。」蜥蜴有點生氣。

「我很在意那句『性別是沒有窗戶的房間』，這句話很熟悉，但阿伯我腦子不中用，想不起來是什麼東西……」

「說到性別，我還真是很困擾，女駭客很少見，所以我說我是女生之後，就會被瘋狂追求。駭客就是駭客，如果分男的女的，不是很不酷嗎？」

「那也真是蠻傷腦筋的。」羅老師說，「不過這句話說不通啊，如果有一個有窗戶的房間，那也還是房間，對不對？我是說，你的可能性還是被限縮了呀。」

「誰知道那些人在想什麼，喂，你知道嗎？」
「我從高一暑假之後就沒有跟她聯絡了，準確來說，她拒絕我跟她的一切聯繫，甚至聽說她把社群網站什麼都關閉了，沒有人有辦法找得到她。」
「這是為什麼她變得這麼奇怪嗎？」蜥蜴問。
「我不知道，」我摸摸被打的手指，感覺稍微消腫了，似乎沒有傷到骨頭，「我們以前一起讀過邱妙津，邱妙津說，『性別的頭箍把每個人都箍得變形了』……」
風吹過去，樹影沙沙搖動，一時之間沒有人說話，我便接著說下去，「我讀過《邱妙津日記》，那感覺好痛苦，但又跟我好接近。當我知道她已經……的時候，我覺得好可惜。如果她能再活久一點點，告訴我那是什麼感覺就好了。」
「阿伯也許可以告訴你喔。」羅老師說。
我噗哧笑了出來，「你不行啦。」
「不行嗎？」
「你是男生嘛。」

「這樣啊。」羅老師逕自點著頭，「好多人跟我說過這句話，我現在還是有點不懂為什麼，只要是人，就能理解的吧，別把人分成兩半呀。」

「那你知道這個時代除了T、婆以外，還多了一個選擇，叫做『不分』嗎？」

「什麼意思？」

「我們大可以像在買刈包一樣，綜合偏肥或綜合偏瘦那樣去說，我是不分偏T、不分偏婆，或就是不分，在拉拉專屬的交友網站上標示出來，讓其他人去挑選。」

「噢，所以你……」羅老師發出遲疑的聲音。

「我不知道。」我說，「我只是陳述一個我這個時代的常識而已。」

「對不起。」

「不用道歉啦，」我有點慌了，「我只是在想，會不會我和她當時也不知道自己陷入了什麼，但就是陷入了。最後，也許，兩邊都因此痛苦……」

「我的想像中，兩個小女生的愛是很靜美的，很純真的，我不知道為什麼死亡的翳影會覆蓋其上……」

「不，那很痛苦，我當時，和黑桃成為非常非常親密的——我不會形容，我們之間沒有界定關係，也不是情人，也不是朋友，為了避免我被排擠，她在社團刻意疏遠我，我們回家漫無邊際地講電話，大考快到了還是這樣，直到有一天，她父親打電話給我，把我劈頭蓋臉地罵了一頓。在那之後，即使網路如此神通廣大，我再也聯絡不上她。」

「如果沒有外力，你們也會是幸福的一對吧？」

「我不知道。其實發生過一件有點奇怪的事，那之後，我們之間的某種光度就改變了……我猜，這也是之後她不再聯絡我的原因。」

「是什麼？」蜥蜴湊近我。

「我不想說。」我站起來，陽光有點偏斜了，「時間不多，我們趕快去把江琳找出來吧。」

「可暫時沒有什麼線索啦！」

「去找總好過待在這裡發呆吧。」我沒說出我心中微小的希望，想再看見張昕，我想知道更多她的事情。無論經驗過怎樣糟糕的事，心還是不自主往她那邊飄。

最初是她接受了我，剪短頭髮，不穿裙子，不是男人也不是女人的「米奇」，因為連我自己都不肯接受自己，只願是自己的「米奇」。

米奇這個名字是我的社團迎新時隨口說的，因為我討厭自己的名字。過分女性化，又太過菜市場，同一個年級有三個雅筑，畢業旅行還常常經過雅筑旅館。我總覺得那不是在叫我，而是在呼求父母期望的，另一個我。鄭雅筑。可惜我讓他們失望了。

我想我也讓很多人失望，老師以為我會如其他人一樣繼續是個資優生，但我沒有，一上高中成績就跌到谷底，像毛毛蟲在後頭爬著跟上飛舞的蝴蝶，我不及格的科目越來越多，卻不知道該怎麼辦。

「你們幾點該回去？」羅老師隨口問道。

「隨便都可以。」蜥蜴說，「沒有人會管我。」

我的思緒突然被拉回來，「慘了！」

「怎麼啦？」羅老師關心地問。

我抱頭慘叫，「今天要補習——」

「不去會怎麼樣？」

「會打給家長，天啊我不能讓我媽知道……」

「這有什麼難的，阿伯幫你搞定。」羅老師說。

「要怎麼搞定？」

「我幫你打給補習班，跟他們說，不要鬧了，這孩子有艱鉅的任務，要去大鬧天庭，推翻玉皇大帝，這樣好不好？」

我咯咯笑了起來。這大概是我今天第一次笑。

「人生沒有那麼困難，把補習班電話給我吧。」我撥通電話，遞給阿伯，他故作沉穩地和補習班主任說他是我的父親，我今天因感冒發燒請假，希望主任能准假。主任用一種職業式的語氣說，「最近得流感的孩子不少呀，希望她早日康復。」

「好的，好的，謝謝您，我晚點帶她去看醫生。」

電話掛斷。

我們都鬆了一口氣，開始笑了起來。

「我真想知道有個作家爸爸是什麼感覺？」

「現在你知道啦。我倒是也知道有女兒是什麼感覺了哩。」

「黃國峻不知道是什麼感覺，父親是作家，自己寫的作品卻和父親八竿子打不著關係，好像刻意切斷關係一樣，但他明明也有一些借用了民間故事或鄉野奇談的作品。」

「他的傳承是中國式的，雖然這個詞現在有點曖昧，但可能和他很喜歡的汪曾祺有關，怎麼說呢，袁哲生也喜歡汪曾祺。這兩個人算是在這點上有個共鳴吧。」

羅老師說完，抓抓頭，「那麼，你幾點要回去呢？」

「補習班的下課時間是十一點，在十二點前到家就可以了。」我說。

「現在逼得真緊。」羅老師嘖嘖，「你一定是資優生吧。」

「我是資優班沒錯，我也從小念資優班長大，但是到了這間學校，才發現還有更厲害的人，也有很多很多各方面的天才，我比較像是一隻長得比較大的驢子，被不小心分進了馬廄裡面。」我說。

蜥蜴接口，「跑得也沒有馬快。」

「對。雖然一樣是吃草，但就會想我是不是不配吃這麼好的飼料……」

「現在的孩子真奇怪，你讀過邱妙津，她寫，無論多麼光輝漂亮的原料，進了罐頭工廠，都被加工成腐肉，人們憑著罐頭上美麗的標籤，去歌頌這些內裝腐肉的罐頭。」羅老師皺眉，把我一把拉起來。

「我讀過，但那可能要上了大學才會知道。」

「我說你呀，別對自己太沒有自信了，學校什麼的，絕不是決定你是誰、想成為什麼人的關鍵啊。」蜥蜴說，「我已經有大學念啦，但還不是把學校生活過得亂七八糟的。」

「是呀。」羅老師說，「我們四處走走也好，搞不好能有什麼線索。」

我心不在焉地應了聲好，隨著他們站起來，在校園內四處遊蕩，太陽很大，明明該是春天，但總覺得腦子好像要整個燒起來了。一定是因為張昕的關係。說起來很傻，我也不懂為什麼張昕那個時候對我這樣做，我也不知道為什麼拒絕她，但從此我們的關係就裂了一個縫隙。這個縫隙可小可大，但張昕畢業之後就乾脆和所有人切斷了聯繫。只是偶爾，回到學校來的，和她同屆的學長姊們會說，又在哪裡看到她站在一個箱子上演說，和以前一樣神采奕奕，自信，甚至有點自滿。

我沒想到會在這裡看見她，她變得和以前完全不同，剪掉了一頭長髮，剃平頭，口罩遮住了她精緻的臉，那雙大眼睛卻格外勾人，我忍不住想一直看著她的眼睛……蜥蜴說我愛她，也許吧，但我從來不知道張昕是不是愛我。

也許她只是想找人一起玩耍。也許她只是想要被愛。也許……我不知道。

那是社團比賽前合宿的晚上，我隔天要第一次正式上場打校際比賽，那是指考結束後不久，張昕帶著好像很輕鬆的神情來了，我好幾天沒見到她，小狗一樣搖著尾巴湊了過去，她輕輕對我眨了眨眼睛，我識相地往後退開，把舞台讓給她，她就像隻孔雀，一面跳舞一面梳自己的羽毛，我可以感覺男孩子的視線都在她身上，這讓我感覺到輕微的嫉妒，我也想像他們一樣正大光明地盯著她看，但不行，我們約好了，不是獨處的場合就得佯裝我們沒有半點關係。應該說我們並不是戀人，我們牽著手在路上走，有時唱著歌，都還在「朋友」這個關係的範圍裡。我也一片混亂，不知道自己想要什麼，或者什麼也不想要，只要持續和張昕的關係，我就足夠幸福了。

我是這麼害怕她突然消失，但她最終還是這樣做了。

我不知道那是不是因為我的關係。

搞不好跟我一點關係都沒有，我只是張昕生命中一隻不太重要的小哈巴狗，但這樣我們一起度過的那段不算短的時光又算什麼呢？只是一種消遣嗎？

我記得她十八歲生日那天，我去為她慶生，脫下制服，穿著便服去附近的便利商店買酒，坐在操場的草皮上一塊喝。

張昕笑嘻嘻地說，「喂，你不能喝。」

「有什麼不能喝的？」我說，咕嘟灌下一大口酒，嘻嘻笑著。

「你還不知道人生有多苦，不能喝。」她把水果氣泡酒奪了過去，大口灌下。啤酒太苦，其他的酒太烈，只有水果氣泡酒可以入口，但入口還是會感覺到些許苦澀的酒精味道。

「說什麼呀。」我沒說的是，光是喜歡你就讓我吃了好多苦，怎麼說出口呢？這絕對會被張昕當成傻子。每次我想把事情攤開了跟張昕講個明白的時候，都強烈地感覺到自己好像是個傻子，張昕的眼睛總像是在責備我，你看，現在多快樂、多無憂，你為什麼要破壞它？

張昕自顧自講了一些大學的事，她大學就不參加辯論社了，她想做一些更實際能幫助到人的事情，「例如什麼呢？」我問。

「社會運動吧！」張昕撥撥瀏海，「等我從家裡搬出去，就沒人管得到我了。」

我還記得我那時用崇拜兼羨慕的眼光看著她，我多麼想成為張昕，我也想補足我來到學校之前的時光，只要有人說起張昕一二年級在做什麼，我就會豎起耳朵聽。

自由，那時我覺得張昕好自由，好美麗。她好像一隻療傷的小鳥，短暫停留在我手心，春天來了，就隨春天飛走。我是一個沒有長翅膀的普通人，我不知道飛行——那麼美麗的飛行是什麼滋味。

總之美麗的張昕隨著畢業飛走了，剪斷我和她之間的最後一條線，就這樣越飛越遠。再看到的時候，我幾乎已經不認識她了。

但她還是那麼美麗。

我不自覺嘆了口氣，蜥蜴立刻帶著曖昧的表情靠了過來，「在想什麼呀？想你學姊嗎？」

「不要煩我。」我沒好氣地說。

「不然，來談點邱妙津的事情？」羅老師緩頰道，我聳聳肩，「有什麼好談的？她的日記出版到現在，有什麼東西沒有解碼嗎？」

「倒也不是這樣說，我認為她有一些隱密的心事還不算是『解碼』了呀，我們真的能說自己真正了解她嗎？就算知道什麼代號代表的是誰，也不能說這個暴烈的死已經過去。相反的，你們現在還是一樣受到她的影響。繞不開這個人。」

「繞不開這個說法很有意思。但我們真的嚮往的是她那樣的生命嗎？那樣火熱，那樣毫無保留，你不會覺得現在的孩子可能是更自私一點，更認識自己也認識對方一點的，比較退縮卻也比較不那麼絕對的生物嗎？」我說，太陽曬得我頭昏腦脹，好像看到一些穿著黑色工作服的影子從樹蔭下經過。

「是那群噴漆的人！」蜥蜴指著一群人，每個人都身穿黑色工作服，戴著口罩。

「可以過去看看嗎？」我問。

「我沒看到平頭的人。」蜥蜴說，我白了她一眼。

「當然可以，他們搞不好知道些什麼。」

我們走進那群人，張昕不在裡面，我分不出自己本來期待還是害怕看到張昕，我記得手指的疼痛，卻又忘不了她的美目。

「是那些穿制服的。」我們走近時，一個穿工作服的男孩指著我們說。另一個理光頭的女孩挑眉，「是剛剛那群人。」

「喂，你們，」女孩走了過來，「黑桃想跟你們說，」她清清喉嚨，「要找什麼別在這個校園裡找，只是浪費時間，你們要找的人已經不在這個房間了。」

「什麼意思？」

女孩聳聳肩，「我哪知道。」

「為什麼她知道我們在找什麼？」羅老師問。

「傻瓜，因為已經上新聞啦。」蜥蜴打開她的手機，一字字念出報導，「警方目前還未尋獲這位同學，但希望同學若看到相關報導，盡速與家人聯繫。」

「噢天啊。」羅老師說，「我想你們的同學一定躲到什麼深山裡面了。」

「我有一些不好的預感。」我說。

「別說。」蜥蜴說，「不說就不會成真。」

我們面面相覷，該去哪裡把江琳找出來呢？

「性別是沒有窗戶的房間……」羅老師看著那些人手上的標語喃喃自語，「袁哲生，下一個地點應該是袁哲生！」

「什麼？」蜥蜴湊過來。

「他寫過一篇談殯儀館的小說，叫做〈沒有窗戶的房間〉，我在想，會不會……」

「她死了？」

「不，」我搖頭，「會不會是你之前說的，袁哲生在的那個靈骨塔？」

「有可能。」羅老師點頭。

「萬一不是怎麼辦？」

「也沒有線索了，總要去試試看。」我說。

於是我們又重新坐進羅老師那台破車，蜥蜴把抱枕放到臉上，「我這次真的要睡午覺啦。」

直到蜥蜴輕輕的打呼聲傳來，我才開始說，「我要說的故事是我高一的事，這件事我還沒跟人講過。也許你會覺得這是一種身世的展演，到了這個地步人不得不開始交心起來……或者是你不知道為什麼，總會吸引到一些人，叨叨絮絮和你掏心掏肺地說一些極其隱私之事，江琳說過，小說家就是一個行走的黑洞，旁人見到了，總會想把所有東西往裡頭倒。我說這不是垃圾車嗎？江琳聳聳肩，說，那又怎麼樣？」我停了一停，「那又怎麼樣？聽我說完這個故事好嗎？」

羅老師沒說話，只是點點頭。

「那是辯論比賽的時候，我們會在比賽前一起過夜，男的女的歪七扭八地睡在一起，有的人甚至得睡在地上，是那麼混亂的場面。會討論到深夜，或者天亮，但選手總是要睡覺的，所以一點鐘我們就睡了。因為分床位的關係，張昕——黑桃和我擠在同一張床上，我很緊張，我已經喜歡她很久了，不，也許該說我們彼此喜歡也說不定，我不知道，但，張昕應該沒有討厭我，我不知道，我真的不知道，她躺在我旁邊，棉被底下飄來淡淡的香味，張昕喜歡的玫瑰洗髮精，那時候她還留著長髮……」我越講越急促，「突然，她很小聲地問我，睡不著嗎？我也小聲地說，是呀，她的手就輕輕地伸過來了，環抱住我，伸手摸索我的胸罩鈎子在哪裡，我覺得她並不是慣犯，因為她非常生疏，甚至找不到我的鈎子在哪裡。但那時我非常驚慌地拍掉了她的手。我說，不要。她很驚訝地用氣音反問我，不要？不要。我重複了一次。她轉過身，像沒事人一樣地背對我，我想了一夜沒睡著，我不知道她在想什麼。隔天，她和平常一樣起床，伸懶腰，然後問我睡得還好嗎？她有沒有磨牙？我不知道怎麼辦，訥訥地說，沒有，學姊睡得很好。她笑了一笑，說晚點會去看我比賽，然後就再也沒出現過了。」

我深呼吸。車子正沿著筆直的馬路往前開去，顯出一點黃昏的天色，羅老師踩油門，車子穩定地前進著。

「我一直反覆想著，是不是因為我拒絕了她，才要被這樣懲罰？或者張昕根本不在乎我是誰，我想怎麼做，只是想找個可以讓她為所欲為的娃娃？但我又覺得自己想太多了，她不是那種人。但我想我對她的了解實在太少了。又或者，也許是因為我想成為張昕，才會在那時拒絕她。因為我想要的是『成為』張昕，而不是成為張昕的伴侶或其他什麼。只是不想和張昕分開，想看著她一直走在我前面。這個世界真的容許這種關係存在嗎？或者連張昕本人都沒有想到這個可能性，是我走在太前面了，而她直到現在都沒有發現。」我嘆了一口氣，「我說完了。」

羅老師也嘆了一口氣，「謝謝你跟我說這些。我啊，太久沒有接觸到年輕人了，對種種的毀壞已經缺乏想像力，我其實不認為這是誰的錯或誰虧欠了誰，聽起來只是你們都太年輕了。」

「你會不會覺得，邱妙津也『太年輕了』？」

「會吧。但這是我一個中年人的看法，我不知道你們年輕人覺得怎樣。」

「我不知道，我一直抱著一種想成為『邱妙津那樣的人』的心態在生活，我覺得她是我的同伴，但一想到過了二十六歲之後，我就會失去我參考的座標，就覺得有點惶恐。」

「我覺得也許要等你二十六歲以後再來看這件事比較好，」羅老師溫和地說，

「也許那個時候，你就會找到其他前行者也說不定。走在你前面的人不一定要是什麼樣子，這個也許你往後就會知道了吧。」

「謝謝。」我有點不好意思地說，不知道怎麼領受這份好意。

「不用說謝謝呀，能得到你的信任，聽到你說自己的事情，讓我覺得很感動。」羅老師說，「我真的很久、很久沒有跟年輕人說這麼多話了，我的家人並不明白我在做什麼，在文學上可能的位置是什麼，因為他們的不明白，有時候我自己也想不明白。說真的，如果文學不能幫上你們這些年輕的生命一點忙，我們還要文學做什麼？」阿伯沉默半晌，「唉，還只是高中生……你們這些天才和天才在一起，最後竟然都選擇一個個去死，到底來說還是這個世界浪費了你們呀！」

「我可不是什麼天才。」我說。

「你也是啊，你是發現的天才，也許你不寫作，不做一些如同其他人那樣厲害的事情，但你可以發現他人的好，發現藏在岩石裡熠熠發光的寶石、裸鑽，珍惜他們、寶愛他們，這就是你的天才啊。」

「這樣也可以是天才嗎？」

「是啊，很多人沒有這樣的天賦呢。」

我沉默地看著掛在後照鏡上的觀音像隨車左右搖擺，有時會忽然閃現玉石的輝光。

「跟阿伯說些故事吧，阿伯開車無聊，現在年紀大，也不好飆車，不然阿伯以前啊，可是關渡車神呢。」

「為什麼是關渡？」

「你知道大度路嗎？」

我搖頭。車子左轉，轉進一條兩邊都是稻田的道路，「現在這裡就是大度路，大度路在關渡平原上切了一刀，是全台北市最直最平最長的一條路。」

我感覺景物往後退的速度加快了，天色越來越晚，黑暗中的稻田是一片模糊曖昧的團塊。

「我讀書的時候呀，時常跟我的朋友們半夜在這條路上比賽，最快飆完整條路的人，就是車神。」

「當車神有什麼好處嗎？」

「沒有，了不起就被請幾杯飲料吧，但重點是有面子呀。」

我噗哧笑了出來，「就這樣？」

「不要笑，這可是很嚴肅的。」阿伯瞪我一眼，我抓起蜥蜴印出來那些文章，試圖從裡頭找些靈感。

作者 ghostlivesin（鬼的狂歡）

看板 BeATree

標題【鱷魚】我不是那隻比較順眼的貓

我不是那隻比較順眼的貓，我也不知道誰是。

也許世界上不存在這種貓，也許就是那一天，你親眼看見你愛的人抱起了另外一隻沒有哪裡比較好的貓。

貓和貓的差異並不大，就像人和人一樣，只是順眼不順眼的區別。更糟糕的是你不知道你在誰眼裡看起來順眼。

對方帶著另一隻貓離去，你在籠子裡看著你深愛的那個背影，咪嗚咪嗚地哭。慈祥的佛祖降臨在這間小小的收容所，說祂確實盡力了，你求的五百年不是白費，誰知道另外一隻貓看起來比較順眼。

這就是緣分。

誰要聽這種廢話，我氣得半死，蕭雅文還是繼續說，往她的腳上擦指甲油，蕭雅文說我明天要去約會你安靜點，我說這不對啊我哪裡不好。

她繼續擦，用眼角餘光瞥了我一眼，我看見她長長的眼睫毛上揚又垂下，「你又不是男生。」

「這次不是女生，你有沒有在聽我講話？」我往她那邊丟了顆枕頭，枕頭掉在地上，蕭雅文抬起頭：「什麼？」

「我從頭到尾談的都是一個男的。」

「男的？你怎麼了嗎？發燒？」她放下指甲油。

「我以為這樣就不會有挫折。」我說：「我盡力想當個女生。普通的那種，最好像你一樣，約不完的會、夜衝、長頭髮。」

「你真的瘋了！」蕭雅文大笑。

「是真的，我不想假裝自己是個男人了，我想當回女孩子。」我說。

「你知道女人可以和女人戀愛吧？」蕭雅文說：「告訴我，你沒那麼古板。」
「我想多一點可能性，我發現我也會喜歡男人……」我拉下假髮，露出短得不能再短的頭髮：「呼，好熱。」
「你想變成什麼樣子？」
「我不知道，看起來順眼就好。」我說。
「你頭髮亂七八糟，妝化得像是要上舞台，衣服也土氣得要命，對男人女人都不順眼，不如來接受我的改造。」蕭雅文看看腳趾血一樣的暗紅色指甲油，又看看我。
她把手搭在我的下巴上輕敲：「告訴我，你想成為一個顛倒眾生的美人嗎？」
「你在說什麼？」我想推開她，但她把整個人的重量壓在我身上，我們一起倒在地板上。蕭雅文撐起身體，從上頭俯視著我：「決定了，我要把你改造成萬人迷。」

改造成萬人迷不是一件非常困難的事，困難的是要往哪個方向改造。經過一夜深談，發現我並不知道我想尋找的是什麼，這點讓蕭雅文氣炸了。

「男人還是女人？」蕭雅文問。

「我現在非常迷惑。」

「選一個吧。」

「我不知道，我覺得我還是喜歡……當我自己？」

「當你自己？」蕭雅文的聲音飆高八度：「你連自己是什麼都不知道，還想當你自己？」

「是人都應該做自己吧，你不也叫我不要戴假髮和化妝嗎？」

「你戴那種醜假髮、化那種醜妝，然後想說服我這就是你自己，你先看看自己在鏡子裡面是什麼樣子好不好？你能接受自己就是這麼醜嗎？」蕭雅文的臉都扭曲了。

我小聲回答：「不能。」

「這就對了。」蕭雅文在房間踱步，打了兩通電話，「對，改天，」她奶聲奶氣地撒嬌：「人家大姨媽來了，很不舒服。」

「又在說謊。」我說。

「明天開始你的改造計畫，你應該被全心全靈地改造。」蕭雅文嚴肅地說：「當然我會把你改造回你自己，既然你邀請我了，那我就要拿出全部的力氣來讓你真的可以是自己。」

「所以，『自己』到底是什麼？」我忍不住問。

蕭雅文皺眉：「這不就是我問了你整個晚上的問題嗎？」

時間逼近五點，天開始有點濛濛亮，蕭雅文打了一個大呵欠，翻身上床：「十一點再來叫我。」

蕭雅文總是這樣，不太在乎自己是哪個特定人類心目中順眼的貓，她就像是貓咪咖啡廳裡面身經百戰的老貓一樣，對逗貓棒不感興趣，會大搖大擺地坐在某個看得順眼的人類腿上，人類會驚呼，感覺自己受到神的寵幸。有時候蕭雅文就這樣賴著不走了，但對方時間到了就會離開。她知道自己屬於哪裡，她不會冀望有人帶走她。

「所以你呀，你要告訴自己，你是這個世界的王，被你看上的人都應該要感激得跪下來，親吻你的腳。」蕭雅文拿起一件長裙，往自己身上比了比，又往我身上比，「這個不行。」

「我不想穿裙子。」我說。

「你到底什麼毛病啊？」蕭雅文說，支著頤不耐煩地看著我，「你不想當男人，不想當女人，但也不想當小孩子，那你還剩下什麼可以選？」

「中性？」我說。

蕭雅文翻了一個白眼：「你希望被怎樣的人喜歡？」

「對我好的人吧，男女不拘。」我說。

「很好，你已經跳脫昨天虛無縹緲的答案了，要別人對你好的訣竅是，你不要對他們太好。」蕭雅文又拿起一件破洞牛仔褲，「你覺得這怎麼樣？」

「我不想穿有破洞的牛仔褲。」我說。

「你真的很土耶。」蕭雅文挽著我的手臂：「好了，下一家。」

「我這麼土，你為什麼還要幫我？」我問。

蕭雅文誇張地抿了抿她的紅唇：「因為我愛你呀。」

「真的假的？」我追問。

蕭雅文翻了個白眼。

「如果你是貓，你是怎樣的貓？」蕭雅文的嘴邊沾著草莓果醬。

「最醜的貓。」我說。

「形容一下長相和花色。」蕭雅文叉起一塊鬆餅，大口咬下去。

「長得像人類，眼睛長長，鼻子挺，臉扁平，花紋是白底有灰色虎斑的，那種最醜。」我說。

「不是三花？或那種黑底花花的貓？」蕭雅文的鼻尖沾上鮮奶油。

「你聽過恐怖谷效應嗎？貓就是像貓才可愛，越像是人類，人就會覺得牠越醜。」我說。

「人面貓最醜。」蕭雅文點點頭，用紙巾胡亂揩去臉上的食物殘渣。

「你好像金吉拉。」我說。

「幹嘛？嫌我鼻子塌嗎？」蕭雅文挑眉。

「品種貓不用很漂亮，就會有人喜歡。」我說。

「你果然在嫉妒我。」蕭雅文掏出鏡子補妝。

「人面貓裝出金吉拉的樣子也不會有人喜歡的啦。」我說。

「拜託，金吉拉也很醜啊，臉那麼扁。」蕭雅文仔細瞧了瞧自己的臉，闔上鏡子：「不管是人面貓還是金吉拉，所有的貓都覺得自己是宇宙之王，不，宇宙之神。」

「又是這套理論。」我啜了一口茶。

「你是不是在心裡覺得自己是一隻狗啊?」蕭雅文說:「忠心耿耿,絕不變卦,對方有什麼要求全盤接收。」

我不知道,可能是吧。我想說但沒有說出口,我這樣說:「會不會有的人一輩子都只能當流浪貓啊?」

「流浪貓很快樂,流浪貓是路上的佛,牠無拘無束、活在當下,渴了喝、餓了吃,想幹嘛就幹嘛,才不會像你這樣,心都被牽著走。」蕭雅文想了一想:「連狗都比你好,狗去散步還會想去自己想去的地方,連主人都拿牠沒辦法,你呢?你想去什麼地方?」

我以聳肩作為這個話題的結束,蕭雅文冷哼一聲。

我覺得很快樂,我是說真的。

恐怕蕭雅文也不知道真正的蕭雅文是什麼。

但是我知道，不管裝模作樣對男人撒嬌，還是裝模作樣地命令我，都是蕭雅文。

蕭雅文包含她想給人看到和不想給人看到的一面。而真正的蕭雅文，藏在這兩面之間，只有從旁觀察的人才看得到。

這就是為什麼蕭雅文讓我待在她身邊，她需要一個人來觀察、理解、定義她。

蕭雅文不知道自己真正迷人的，其實是帶給觀測員的莫大樂趣——我並非被她改造的對象，我藉由「改造」來觀察她。

蕭雅文光芒萬丈，令人難以直視，我只要卑微地在角落占個位置看她，我就滿足了。

但我萬萬沒有想到我竟然可以靠她這麼近，我以為我只是一個朋友，普通朋友。

蕭雅文像是從天上撒下的糖果，砸得我滿頭滿臉，雖然痛，但是把糖果兜在懷裡，就可以想像含在嘴裡時甜蜜的滋味。

研究指出，發給幼稚園的學童一顆棉花糖時，告知他們若忍耐不吃，一小時後會得到第二顆，大多數的孩子會吃掉第一顆糖，少數沒吃的，經過二十年後的追蹤，大多成為各領域中的傑出人士。

我是那種直到棉花糖過期，都會小心地守護棉花糖，絕對不放進嘴裡的孩子。

我擁有糖果，但永遠不會享受它。

我很失敗。

蕭雅文給我的快樂，就算過期、變質，我也永遠珍視。

這是我對蕭雅文的頌歌。

「逛街、下午茶、逛街，下一個是什麼？」我氣喘吁吁地在街角追上快步往前走的蕭雅文，蕭雅文把包包甩上肩，回頭瞪我一眼：「為了懲罰你問這個問題，我們必須逛更多的街。」

「什麼？」我來不及反應，蕭雅文扯著我的手往前走：「快點，過馬路。」

我手上已經大包小包了，大部分是蕭雅文的戰利品。

我自己呢，只選購了平常會穿的普通衣服：一件看不出身形的白襯衫、短袖T恤（買了三種顏色），勉為其難添購一件刷白牛仔褲。

「預約的時間到了。」蕭雅文說，拉著我走進一棟大樓，警衛不在，只留下呼呼吹的電風扇、陰暗得看不清陳設的櫃台和一個寫著名字的三角立牌，我們往裡頭走，是一台看起來頗陳舊的電梯，蕭雅文把我推進去，然後按下六樓。

六樓看起來和大樓外觀一樣陳舊，走廊的燈半明半滅，空氣中帶點霉味。蕭雅文帶我左轉，右轉，直走，停在一扇鐵門前。她按門鈴。

開門的是一位時髦的長髮女子，穿著俐落的黑色套裝：「請進。有預約嗎？」

蕭雅文流利地報出姓名、電話、預約時間。

「是哪一位要服務呢？」女子問。

「是她。」蕭雅文把我推向前去。

「你幫我預約了髮廊？」我有點驚慌。

「不。」蕭雅文說：「我幫你預約了化妝與攝影的全套服務。」

「什麼意思？」我問。

「你什麼事都不用做，享受這些服務就好。」她說，跟著走進門裡。

我想抗議，「你怎麼知道我會享受這些？」

「你會的。」蕭雅文聳肩。

「不用緊張，」女子說著，端詳我：「會很好看的。」

蕭雅文用力把門關上。

鐵門後面的世界和鐵門外完全不同，白得刺目，飄著清淡高雅的花香，卻看不到花。除了一些必要的攝影器材、一個極簡風格的化妝間和一間更衣室，三四桿衣車的衣服道具以外，別無他物。

蕭雅文說：「這是我最喜歡的攝影棚。」

她挑了幾件「我可能會喜歡」的衣服，大多與攝影棚相似，簡單、剪裁俐落，她把衣服一套一套掛上一個空的衣車：「你不是最喜歡這樣嗎？」

「可是這樣就沒有任何改變了。」我說。

「你要改變是吧？」蕭雅文的聲音拉高了八度，她隨手拿起一件洛可可風格的仕女裝：「不然你就穿這個吧。」

我看著那件粉色和淺綠相間，做工繁複，彷彿婚紗的洋裝：「這要怎麼穿？」

「我們會幫你。」蕭雅文笑道。

「頭髮呢？」我想做最後掙扎。

「有假髮和帽子，不用擔心，你會見識到什麼才是美麗的做法。」蕭雅文說。

「我真的適合嗎？」我問。

蕭雅文聳肩。

長髮女子走了過來，端著我的下巴左看右看，才說：「你很漂亮，會適合的。」

我在更衣室脫掉我全部的衣服，給沒怎麼穿過內衣的胸部貼上胸貼。我看著更衣室裡的全身鏡，知道自己不管怎麼模仿，永遠都不會是男人。但也不像典型的女人。

如果我就只是我，為什麼會想要變成「別人」呢？

如果我就只是我，為什麼會想要尋找「真正的」自己呢？

那我應該還不是我吧。

蕭雅文會說，只有美的東西才是「我」。

那我不美的部分該怎麼辦呢？

改造成美的？還是乾脆捨棄？

人真的可以捨棄這麼多部分嗎？

蕭雅文敲門。

「穿好了嗎？我們要進去幫你穿了噢！」

我踩進洋裝裡，嘗試把背後的拉鍊拉上，未果，我只好套上左右邊的袖子，靠近肩膀的部分是澎澎袖，前臂的部分則收束得很合身。

現在的我看起來可能像是螯蝦之類的生物。

我打開門。

「打擾了。」女子一個箭步過來，即刻拉好了我的拉鍊，順了順裙襬，再把背後散落的緞帶打成蝴蝶結。

「換好衣服之後，請來化妝。」

裙襬很長，我歪歪扭扭地撞出更衣間，蕭雅文在旁邊滑手機，不忘對我吹聲口哨，我有點怨恨地瞪她一眼，在梳妝台前坐下。

「因為衣服的關係，幫你化比較像是洋娃娃的妝，你忍耐一下，會很好看的。」女子說道，在我身邊坐下，為我戴上髮網，順了順我的髮流。

化妝開始了，相對於女子一直稱讚我皮膚很好，我都心不在焉地應和過去，我只專注於看見鏡子裡我的變化。男性的線條都消失了，我刻意擺出、揣摩出的兇狠樣子，「如果不順我的意思老子就和你拚了」的臉面，變得柔和，像是有著剛出生小狗那樣水汪汪眼睛的少女。

少女有很多種，蕭雅文那種狡詐成性，偶爾才露出柔軟的肚腹的，也是少女。我看起來還是我，但又不是我，長髮女子說得對，像洋娃娃。像我多次抗議之後，童年就沒再玩過的洋娃娃。

為什麼要抗議呢？只是不想被固定在「女生」的模版裡頭，以為當男生會比較快樂，但當男生就如同小孩穿上大人的西裝一樣滑稽。於是我放逐自己，非男非女，以為這樣才是自己，卻陷入了奇怪的渦流中。

蕭雅文會說：「你就放任自己醜。醜就沒人愛你。簡單的道理。」

蕭雅文會說：「醜就是缺乏自信，不相信自己值得。」

蕭雅文會說：「找自己是要找到美麗的自己。」

蕭雅文放下手機走過來，她說：「嘿，這樣蠻好看的！」

這是蕭雅文第一次對我說好話。

後面的事我已經不太記得了。

我只記得安上假髮，盤好辮子，戴上復古小圓帽的瞬間，蕭雅文驚呼：「真漂亮！」

據說我在攝影棚裡面整個變了一個人，拿著陽傘嬌媚地擺著各種姿勢，彷彿我天生就是那樣的人。

現在，蕭雅文站在櫃台，和我一起挑選照片，「這張好。這張不行，你閉眼睛了。這張不錯，還有這張。就這樣。好，謝謝。」

她把一張東西塞進我手裡，「照片修圖之後會寄到信箱，大概要一星期吧，這是拍立得，你放在錢包裡，如果想打扮得很醜的話就看看它。」

「該換掉衣服了。」女子說，過來幫我拉下拉鍊。

蕭雅文端詳我的妝容，看著我的眼睛說：「你很美，你可以很美，要允許自己，要原諒自己。」

我搞不懂她在說什麼。

我走進更衣室，發現我的衣服已經被掉包了。是蕭雅文搭配好的衣服。

雪紡上衣和長紗裙。

我看了看拍立得裡面甜甜微笑的我，心想也沒有壞處，反正蕭雅文就吃定我現在沒辦法卸妝。

我換上蕭雅文給我的衣服。

我推開門。

蕭雅文燦爛地笑著迎接我：「準備好去髮廊了嗎？」

「為什麼？」我問：「我現在頭髮這麼短。」

「也許明天吧，現在有點晚了，時間只夠去酒吧。」蕭雅文笑一笑，「你難得頂著這麼漂亮的妝，如果不去哪裡讓別人看看，是不是有點可惜？」

我點頭。

「你現在的頭髮跟狗啃的一樣，當然要去做點造型囉。」蕭雅文說，拉起我的手：「好了，這位美人兒，我們走吧。」

她拿出一頂帽子給我戴上：「這樣好多了。」

我的舊布鞋也被她偷偷換掉了，換成一雙高筒帆布鞋。

我苦笑。

蕭雅文買的該不會幾乎都是我的東西吧？

那她可以變的魔術可多了呢。

蕭雅文沒有再從袋子裡變出一束鮮花或一隻兔子給我，直接拉著我，把我帶去酒吧。

那是一間安靜得出奇的酒吧，沒有幾個客人。酒吧很暗，暗到看不清店內的全貌。我們被服務生領到吧台，燭火在我面前搖曳，酒保優雅地調製一杯又一杯的酒。蕭雅文叫了堅果和莫吉多，問我要什麼。我說：「跟你一樣吧。」

「再一杯。」蕭雅文對酒保說。

酒保轉身去拿材料，突然安靜的瞬間，我忽然發現這個世界也許只剩下我和蕭雅文，兩個人在黑暗中被燭光包圍。

燭光在蕭雅文眼中泛起一圈虹彩，她變得更柔美，也更像隻貓，她狡猾地笑著：「這下總可以告訴我你到底在想什麼了吧？」

「什麼意思？」我說。

「這是別人帶我來過的地方，我喜歡這裡，所以自己偶爾也會來。」她拿起堅果漫不經心地放到嘴裡。

有意思，我很少聽到蕭雅文談到自己的事。

莫吉多上桌了，我攪拌著杯內的薄荷，小口啜飲著。

「我去過的地方非常多，但我還是喜歡這裡，雖然我已經忘記是誰帶我來的了。」蕭雅文聳肩。

「你不會覺得很煩嗎？每天對付這麼多人。」我好奇地問。這是蕭雅文的世界第一次對我打開。

「很煩啊，但每個人都有每個人有趣的地方，看過之後再離開也不遲。」蕭雅文搖晃著杯子，碎冰發出清脆聲響。

「那到底是什麼感覺呢？」我問。

「像是每天穿新鞋子，不管今天去哪裡，不合腳的就趕快退貨。」蕭雅文說。

「你是蜈蚣嗎？」我有點嫉妒地說，「你有那麼多雙鞋子。」

「女孩子會一直買鞋、買包、買衣服，就是因為感覺匱乏吧，覺得自己的人生要用另外一個東西來補。但我不一樣，我什麼都匱乏，所以要別人買這些東西給我。」蕭雅文啜了一口酒。

「什麼意思？」我說。

「我讓更匱乏的人覺得我花他們的錢可以得到快樂。」蕭雅文喀啦喀拉咬碎堅果：「你剛剛看到的一切都是，包括等一下的酒錢我都會買單，所以盡量喝沒關係。」

「什麼？」我驚訝得嘴巴合不攏。

「有人給我刷他的副卡啦。」蕭雅文聳肩。

我試圖讓自己冷靜下來，「所以，到底有多少人？」

「我沒有算，不過固定有在聯絡的大概三四個吧。」蕭雅文說。

我把莫吉多乾掉，對酒保說：「再來一杯，烈一點的。」

蕭雅文湊近我，帶著薄荷味道的酒氣輕輕吐在我臉上，我本能地往後退了一點，蕭雅文搭上我的肩膀：「你在怕什麼呀？」

我搖頭。酒保把酒遞到我面前，琥珀色的酒，有茶葉的芬芳和柳橙汁的酸味。

我一口喝乾。

「你怕我，對不對？」蕭雅文嘻嘻笑：「我有什麼好怕的？」

「我就怕你和我講這種話。」我說。腦子裡警鈴大作。

我沒有想要這麼靠近蕭雅文，或者說，我想要又害怕她靠近，害怕蕭雅文拿她對付其他男人那套來對付我。

我一定會立刻投降。我知道。

蕭雅文搖晃著酒杯，碎冰發出細碎的聲響，她說：「『自己』真的是非常曖昧的東西，我扮演很多角色，但說起來我也沒忘記過自己是誰，我不需要找回自己，因為我知道躲在面具後的人就是我自己。」

「那我呢？」看到她沒再繼續進逼，我稍微放鬆了一點。

「你像是原地轉圈的貓，以為尾巴是另外一個生物，一直想抓住它，但尾巴就是你自己的一部分呀。」蕭雅文啜了一口酒。

「再來一杯。」我對酒保說。這時我還不知道，隔天我會在蕭雅文的床上醒來，頭痛欲裂，身上一絲不掛。而蕭雅文一早就出門去了，只留下一條訊息：「昨天沒發生什麼事。晚點見。」

我在蕭雅文的床上思考我的人生究竟有什麼問題。

最大的問題可能就是蕭雅文。

她還是這麼美、這麼迷人，但我永遠搞不懂她，就像我搞不懂我自己為什麼老是找人去愛，最後落得全面挫敗的下場，卻又逃避近在咫尺的蕭雅文。

我下床，穿好衣服，回到我房間。

房內多了一袋衣服，是蕭雅文昨天買的。

我決定去廚房煮水餃，同時等待蕭雅文回來，跟她把一切講清楚。

比方說我確實愛她，只是逃避不願意承認。

我想像她呵呵笑了兩聲，把我摟進她懷裡。

蕭雅文一直沒有回來，發了訊息也不讀不回。我等待到深夜，緊握著手機睡著。

直到有人進我房間，拉開窗簾：「喂，起床了。」

我睜開眼睛，是蕭雅文，她一襲白洋裝，看起來就像是婚紗。

「你去哪裡了？」我滿懷希望的說：「不是說好要帶我去剪頭髮嗎？」

「天啊，我都忘了，」蕭雅文在床沿坐下，拆下頭上的髮飾：「昨天是我表姊的婚禮。我去忙了一整天，累死了。」

「那今天？」我問。

「我們去剪頭髮呀。」蕭雅文一派輕鬆地說：「先等我把衣服換掉。」

為什麼會沒換衣服就過了一夜呢？我不敢細想，只是貪圖繼續和蕭雅文消磨時光。她努努嘴，示意我換上袋子裡的衣服：「今天沒課嗎？」

今天的課沒有去上。我慘叫一聲。

蕭雅文笑笑：「你等一下載我去學校吧，我們去上課，然後再去剪頭髮。」

整趟車我都心神不寧，蕭雅文把手放在我的腰上，隨風飄散髮香。

上課的時候蕭雅文也只是一直滑手機，我知道，她消失一天鐵定是去應付其中一個男人了。我怎麼會覺得自己有機會呢？是我太傻了，我只要當蕭雅文的陪襯，當一隻不算太順眼的貓，被她豢養，這樣就好了。

如果有男人入侵我們的地盤，我也不能喵喵叫，喵喵叫會被討厭，最後也許就是我被丟棄在路邊了。

但我從未看過那些人，只是偶爾會聽到一些傳聞，關於蕭雅文出現在哪裡。在夜店穿著火辣，在百貨公司全身名牌，在書店捧讀一本書……在街上遇見她，她也不會打招呼，只會撇頭假裝不認識你。她彷彿有各式各樣的分身，扮演不同角色，不同穿著、風格、打扮，但唯一重要的只有她溫暖著每個她陪伴的人的心。

剪髮本身枯燥無趣，也只是把我從糟到不能看的樣子變得稍微時髦一些。

蕭雅文仔細端詳我，說：「這樣可以了。」

「什麼意思？」我問。

「你可以準備變成我這樣的人了。」蕭雅文笑得很甜蜜：「當然頭髮要留長一點比較好。」

「為什麼？」我問。

「沒什麼，只是人們有比較高機率喜歡長髮。」她聳肩。

我們走出髮廊，我和蕭雅文並肩慢慢走著：「我一直沒什麼朋友，我真的很高興你能做我的朋友。」

我有點不好意思起來，搔搔變短了一些的頭髮。

「我會把我會的東西都教給你，」蕭雅文天真地笑：「我從來沒有跟我一樣的朋友。」

「也許朋友不該跟你一樣？」我說。

「也許吧。但我覺得很寂寞。」蕭雅文說：「如果有人可以理解就好了。」

「如果我不想跟你一樣呢？」我說。

「你如果想被我陪伴，我會搾乾你每一分錢然後離開噢。」蕭雅文笑了：「好不好？做我永遠的朋友。」

我歪著頭想了一會，點頭答應她。

現在我是蕭雅文眼中最順眼的那隻貓了，但貓不可能和人談戀愛。

這是天經地義的事情。

大度路

在大度路上很難不飆到最高時速，甚至超過。兩側都是稻田，夕陽落進水田時相當美麗，一些農用機具會從道路橫切過去，行駛不宜太快，遇到罕見的紅燈時會煞不住車，釀成意外。

「這是日記嗎？」羅老師問。

「應該不是吧，我一開始以為是日記，但讀了幾次，覺得她好像把小說和日記都混在一起寫。後面還有幾篇小說，然後是很多很多的日記……」我說。

「怎麼聽起來像邱妙津的模仿者。」紅燈，羅老師把手撐在方向盤上，支著頤想了一會：「會不會她是故意的？透過模仿，想告訴我們一些事情，我剛剛翻到有篇小說也有點袁哲生的影子。」

「不知道，要是模仿就是她的興趣呢？」我說。

「這對學習小說的人來說也很尋常，但不尋常的是她要模仿給誰看？」羅老師用粗而短的手指敲打著方向盤：「給我？給你？還是有其他人拿到更多線索？」

綠燈，羅老師踩油門，車子往前衝。

「一般寫小說的人會模仿喜歡的作者，學習技巧，或者透過模仿來熟悉一種風格，但你同學非常地奇怪，第一、她模仿的都是還未成熟、還沒有明確形成個人風格的作者；第二、通常，小說學習者熟悉某個作者的風格後，就會試著創造自己的風格，她則是完全緊抓著不放。如果沒有什麼特別的理由，幾乎沒有人會這麼做。」

「如果她有呢？」我歪頭想了一會：「如果她的理想讀者是已死的佩珊呢？」

「什麼意思？」

「她想把傷害的時間停下來，她在做一個很大的夢，這個夢就是她喜歡的、崇拜的、愛慕的人都不要死，她會延續這些人的風格和作派，直至發展完熟，直到她替代了這些人而繼續活著，但因為佩珊的自死，這一切都又被按停了。只剩下傷害。」我說。

「這對一個活著的創作者來說，是很大的自毀吧？」羅老師說：「為什麼要這樣做？你也沒有足夠的證據去支撐這個說法。」

我沒有說話，高速運轉的腦子開始有點暈眩，不知道是不是暈車。蜥蜴還睡在後座。

車速變快了，所有事物都在高速往後退，我貼緊車窗，看著黑暗中模糊的樹影。

「我猜想……這只是猜想……」我說：「佩珊和江琳的關係可能很親近，很特別，所以才要用這樣的說法去抗議這個世界……」

「你沒有證據。」蜥蜴說，她不知道何時醒來了，發出一陣戚戚促促的聲音，她撥開加油站送的廉價面紙，坐了起來。

「我這樣說吧，江琳的個版從開站以來就只有她自己登入過，如果有人會去看、去討論，那不會是這個結果。」蜥蜴說。

「如果她們共用同一個帳號呢？」我問。
她沒好氣地說，「你會跟誰共用社群網站的帳號？」
我想了一想，「如果，個版上的文章，都是她們討論之後的結果呢？如果這個討論在我們看不到的地方發生，個版只是為了留存而存在的呢？」
蜥蜴停頓了一會，說：「不無可能。」
「她們都是你的同學，你應該可以觀察到一點蛛絲馬跡吧？」羅老師問。
我搖頭：「在這次事情以前我幾乎從沒注意過班上的人，我比較常待在社團裡。」
「天啊。」蜥蜴把手覆上額頭。
「我是這樣想的，也許她們共同分享了一些對於已死之人的共感，那些預先發生，在我們小時候，甚至出生之前發生的傷害……」我伸出手比劃著，試圖解釋我的想法。
「出生之前？天啊，你真的很小很小！」羅老師驚呼：「現在的高中生已經小我這麼多了嗎？」

「前面！」蜥蜴尖叫。

緊急煞車。

我頭撞上擋風玻璃，正想抱怨時，抬頭便看到紅燈，一台農具車緩慢開過我們面前。

「你們還好嗎？」羅老師問：「真是抱歉，我剛剛沒注意……」

我揉揉發腫的額頭：「沒事。」

「我也沒事。」蜥蜴也按著頭。

綠燈。車子吐了一口氣，轟隆隆繼續前進。

「真抱歉啊，我之後會注意的。」羅老師懊惱地搔搔頭。

車子駛上陸橋，視野突然開闊起來，羅老師指著窗外河景：「那是淡水河。我們往前開一點，還可以看到觀音山。天氣好的時候，會覺得觀音正在靜靜地看著你，很美呢。」

蜥蜴凝望著遠方紅色大橋，上面有著閃爍燈光：「那是什麼橋？」

「關渡大橋。」羅老師回答：「我讀書的時候偶爾也會飆車到那兒去。」

「對面有什麼呀？」蜥蜴問。

「我也不知道，我讀書的時候，那邊幾乎什麼都沒有。」羅老師轉動方向盤，切進沿河的道路：「對面是八里、五股吧，聽說最近有比較熱鬧一些。」

車子漸漸多了起來，前進速度變慢了一些，羅老師嘆了一口氣：「唉，每次來這裡都會卡在這邊。」

「為什麼說卡住？」我問。

「這條路很窄，車一多就卡住，載你們兩個小姑娘我也不好意思飆山路……唉唷，真傷腦筋。」羅老師說：「過了這段，接近淡水之後就好多了。」

車子走走停停，蜥蜴貼窗看外頭，她說那是紅樹林，羅老師咧嘴一笑：「真聰明，紅樹林捷運站剛過，接下來又可以開始飆車啦。」

淡金路

淡金路的起點是一家超商，樓上是賭博電玩和火鍋店，淡金路的終點在哪裡卻沒有人搞清楚過，淡金路接上陽明山或接上沿海公路都是好選擇，道路分歧，不知道終點在哪兒。駕駛人只知道走上這起點，可以在大霧瀰漫的淡金路上狂飆一陣，直到厭倦。

車燈切開濛濛的霧，接著是一個上坡，羅老師狠踩油門，我看見夜空中稀疏的星點（也許是路燈），感覺自己彷彿要飛起來了。

下一秒馬上就被地心引力拉回座位上，這個反彈的力道不禁讓我猜想，剛剛我的屁股離開了椅子一會兒。

車子繼續衝進大霧中。車窗上結了一層薄薄的水珠。

羅老師打開雨刷，輕刷兩下。

蜥蜴躺在後座滑著手機，她說：「沒有新消息。」

「我們這樣找她真的有用嗎？」我說。

「喂！別在這裡動搖，最開始可是你說要找她的呀！」蜥蜴有點發怒。

「我是說，我們這麼做，是不是比起警察這種有效率的組織，只是一些安慰自己的手段？」我問。

「警察也查不到什麼東西呀。到最後還是要靠自己。」蜥蜴不屑地說。

「說不定他們查到什麼東西了？」我說。

「就算警察知道江琳要去哪好了，他們要是啥都不告訴你，還不是一樣沒什麼用？」蜥蜴說。

「別吵了，我們去哲生那邊看看，說不定她就在那裡呀。」羅老師說。

「我們已經浪費太多時間了，」蜥蜴說：「她也不發文，只憑一句謎語一樣的話，誰知道要去哪裡找？」

「但她想被找到。」我說：「真的想死，大可以像佩珊一樣，一句話也不說的就跑到山裡去。」

「你怎麼知道她真的想？」蜥蜴反問：「她搞不好還很生氣我們要去找她。」

「我知道這是一件很難的事，我們一起來想辦法，不要說喪氣話，好嗎？」羅老師柔聲說。

我點頭。

蜥蜴沒說話，繼續滑著手機，螢幕的微光照在她面無表情的臉上，不知道為什麼竟然有點滑稽。

「哲生啊，真的是很棒的人。」羅老師突然開口：「他帶領了一批新生代的作家，也許可以說有一代人都是哲生的遺產。」

「那些人現在好嗎？」蜥蜴問。

「我跟你們說過，我這一代折損了很多很多的人，我覺得某個程度上，哲生的死保護了他帶領的那批人，也就是我下一代的寫作者。」羅老師說：「我真希望他看看，那些他照顧的晚輩，現在各自有什麼成就。」

「但你活下來了，你知道了。」我說。

「也許吧，但我覺得可惜。我和他不一樣，我是獨行俠，哲生是溫暖的大哥。」羅老師切換車道，在加油站停下，「哲生一直鼓勵他們寫，也給他們很多機會，讓他們發表。」

羅老師嘆了一口氣：「這在當時是不容易的事，那時我們還很年輕，他就已經想到要為整個文學環境做一點事情了。」

羅老師搖下車窗，對靠近的制服員工說九五加滿，然後伸了一個懶腰，「你們去上個廁所，動一動吧，接下來路還長著呢。」

我下車，打了個寒顫，外頭比想像中冷，忽然覺得肚子有點餓了。我今天一整天都沒吃東西。

手機在外套口袋裡嗶嗶叫，是電話，一個沒看過的號碼，我接了起來。

「我是黃警官，江同學的手機GPS定位在基隆港，你們趕快過去。」電話另一頭低沉的嗓音，確實是黃警官。

「但是她真的在那裡嗎？在水裡？」我問。

「不知道。」黃警官說，「目前只有這個線索。我還得去忙，晚點再跟你說。」

電話掛斷。我頂著大風走回車上，關上門：「走吧，現在就走，我們去基隆港。」

「我好餓，我想吃點東西。」蜥蜴抱怨。

「沒時間了，黃警官打電話來，他說，江琳的手機GPS定位在基隆港。」我說。

「趕快出發吧，也許我們能比警察早一步找到她。」羅老師轉動鑰匙，發動汽車。

「如果，我是說如果，」蜥蜴說：「如果她沉在水底怎麼辦？」

「我們就接受這件事，然後去吃晚餐。」我說。

「那就是警察的事了，你們要接受。我們雖然很難過，但已經做很多了。」羅老師說：「跟你們一起走這一遭，我覺得很值得，你們也讓我重新明白到年輕人是怎麼一回事，這樣也很好。」

車子駛向公路，羅老師說：「我們就去基隆港看看吧。」

車子繼續前行，黑壓壓的沉默降臨在我們之間，經過一個小鎮時，阿伯突然開口說：「我認識的一個年輕小說家在這裡長大，這是一個很有意思的小鎮，他說，他常常到基隆通學，颱風過境，公路塌壞，公車不來了，他就和同學一起在天還黑的時候，走路去基隆上學……」

「從這裡走路去基隆要多久啊？」蜥蜴問。

「不知道，至少要一兩個小時吧。」羅老師說。

「真辛苦啊。」我說，「當個城市人真是太輕鬆了。」

「是啊，我突然想到他，只是因為他是哲生最在意的後輩之一，那個時候我們都很擔心，這些人都走了，下一個會不會是他，因為他看起來非常憂鬱，像一株曬不到太陽的仙人掌那樣。」羅老師挪動身體，「哎，腰好痠。太久沒有開這麼遠了。」

「對不起。」我說，「能幫你什麼嗎？」

「不用啦，那麼客氣做什麼？」羅老師說，「多跟我談談你同學的事情吧。」

「這邊還有一篇，我猜是你說的，刻意模仿哲生的小說。」我說。

「可以讀給我聽嗎？」羅老師說。

「大概有點困難，不過我晚點可以告訴你大意。」我說。

「好，就這麼辦。」羅老師說。

作者 **ghostlivesin**（鬼的狂歡）
看板 **BeATree**
標題【靜止】正被顯影的我

我對嘉義這片土地的印象就是河堤和河、吊橋，堤防上的紅茶小攤車。吊橋在夜晚時，總會閃爍七彩的燈光。

喀擦按下快門，機器吐出白色舌頭，我取下相紙，靜靜等待顯像。為什麼拍立得特別不同？它的底片是一個小盒子，用完後，把塑膠盒子丟棄，換上另一個。

影像逐漸顯現，我瞄了一眼，收進口袋。

下坡，我騎著腳踏車，一路上花香和堆肥的氣味刺激著我的鼻腔，擅闖果園的猴子不但把果園裡的雞趕到馬路上，還朝行人扔小顆的芭樂，我轉向龍頭輕鬆閃過，甚至有餘裕舉起相機，按下快門，啟動閃光燈。相片緩緩顯影，猴子逃走了，只有模糊的樹影。

一盒底片有十張，這是蠻落伍的東西，不能數位化，除非掃描或拿手機出來拍照，每次拍攝都不一樣，防呆機制做得很好，卻還是有人會失敗。比方說我的朋友彭正凱，他的照片常常都是灰濛濛一片，因為他老是用手指擋到鏡頭。

後來，他一本正經地跟我說，他覺得他的底片盒裡面有什麼東西。

「什麼東西？蟑螂喔？」我在他偷拍班花蕭雅文的時候打了他一下。幹，他暗罵一聲，「不要弄我。」

「你們在幹嘛？」蕭雅文厲聲問道。

「拍你啊。」彭正凱嘻皮笑臉地說，「你做操的樣子好好笑喔。」

「白癡。」蕭雅文轉身就走，「拍照的猴子。」

我大膽地圍過去，「蕭雅文，我覺得你比較像是猴子……」我模仿她的動作，蕭雅文朝我扔了一顆排球，沒中。第二顆，彭正凱被正中臉部，一時站不穩竟然就跌坐在地，蕭雅文像野獸一樣發了狂地丟球，我只好丟下彭正凱逃走，又過了兩顆球，才有人去把她攔住。我們一起去了保健室，還被體育老師痛罵了一番。因為這件事，蕭雅文和我們都被罰了一次愛校服務。打掃校園時，蕭雅文看都不看我們。

台北的文青最流行拍立得時，彭正凱弄了一台，接下來就是他每天抱怨不如用手機拍拍就好，不會占空間，也不會失敗。我聳肩，這可以做一些很復古的事情不是嗎？雖然有點肉麻，想像自己把蕭雅文的照片放在皮夾，有空就瞄一下，也可以蒐集三百張蕭雅文的照片放在房間，每天對它們打手槍。

「幹他媽你真是有病。」彭正凱說，「就不能拿相機做一點正事？」

不能，自動閃光燈，在樓梯偷拍女生內褲會被發現，照片又特小一張，不能放大，每個人都籠罩在朦朦朧朧的光影中，連笑容都很曖昧。

「我幹嘛他媽的去買這東西。」

「因為你以為會用到。」我指出，「只是和女生出遊的時候，沒有人要和你合照而已。」

「現在合照都用手機了。」彭正凱不屑地冷哼一聲，「這給你，但只能拍人，你他媽不要給我拍一些墓啊墳啊的東西。」

我接過他的相機，一定笑得很傻，他又走過來，巴了我的頭一下，「要還我啊，搞不好我哪天會用到。」

再次用到是彭正凱的告別式。是車禍。誰知道他囂張地在畢業前一天騎機車從學校停車場騎過教官面前，騎進放學重重的人群中，騎出學校之後，竟然就被一台大卡車攔腰撞上，頭被輪胎當場輾過，破得不成人形。

最終他們還是把他補回人形了，只是像科學怪人那樣，左邊少一塊右邊凸起來的，還少了右手的小拇指。於是我把他自己拍到那隻小拇指的灰濛濛照片放了進去。這是我最後一次看他了，我從觀景窗的小孔看去，覺得他還是和以前一樣，生著一張好脾氣的圓臉，西裝筆挺——這還是他畢業舞會上那套。

我拍了他最後進去的格子，看著彭正凱三個字還是沒什麼實感，只要有他的照片陪著我，好像我也不必感覺孤單，即使經過十年、二十年，因為最新感光技術，拍立得會鮮豔如昔。

我拿著彭正凱的相機拍了一些小東西，教官和老師偷情，在校園無人的角落接吻，自動閃光燈讓他們驚訝地跳了起來，我逃進一間空教室，躲進講台下空間，他們四處巡梭一會，沒有找到人，悻悻然散了。但照片我沒來得及拿走，只記得他們在觀景窗中看來像一對佳偶。畢業典禮上校長的假髮被吹飛，露出禿頭，看起來像光裸的屁股。我有幸拍到假髮飛走的那一瞬間，但校長的臉卻模糊得看不出表情。

我去文化路拍街上的人，路上情侶男的捏女的屁股，我拍著那屁股，想到彭正凱總是說我很惡俗，數算口袋的照片，已經到了五十幾張，但我還是通通把它們帶在身上，這樣我就一點都不無聊了。我從第一張看到最後一張，忽然發現我什麼都拍了，就是沒拍蕭雅文，我忽然有個強烈的慾望，想看她在這個街景——而不是學校——中走動，想拍她吃飯、瞌睡、歪頭問我在拍什麼。

我不知道這是不是一種愛，如果是一些有名的攝影師，他們會口徑一致地說這是，但我只是一個剛畢業的高中男生，距離指考倒數一個月，蕭雅文還會出現在教室裡，假裝在自習，其實都在滑手機。午餐時間一到，就和女生朋友結伴走出校門，好半天沒有回來。

我知道過了這一個月，我就再也看不見蕭雅文了，我不會天天和她關在教室裡解同一道題，彭正凱沒有機會去掀她的裙子，可是我有，只是我不會那樣做。我只是想，所有人都愛她，偏偏我不愛，我要證明我不愛她，所以我從來不拍蕭雅文。

蕭雅文很美，適合出現在任何一本雜誌封面的那種美，但她從來不上體育課，要是有人問她為什麼，她就斜眼罵人。其實仔細看她就會發現，她走起路來有一點點輕微的歪斜，不管什麼運動都做得不太好，連女生都會偷偷地嘲笑她。

蕭雅文交了一個男朋友，隔壁班的男生，偏偏喜歡到我們班教室，坐在蕭雅文身旁，或者，讓她坐在自己的大腿上，兩個人嘻嘻哈哈地一起念書。男生們羨慕男朋友，但我才不在乎。那個人根本不了解蕭雅文，我拍過他跟排球隊的女生在天台接吻。他發現我，把啃一半的芭樂往我這兒扔。想到這個我就不爽，索性走離教室，到樓梯坐著看我的照片，我忽然發現彭正凱的臉很像歪斜的麵包超人，而他的笑容安詳，好像我發生的一切不僅不重要，還有點可笑。

這是我第一次想把照片扔了，但又捨不得，我在走廊上踱來踱去，還是想不到什麼好辦法，只要一張照片就好了，一張蕭雅文的照片。上課鐘響，我停下來，好像想通了什麼——蕭雅文再怎麼樣也就是個女人，彭正凱會說我只是想上她身上那個洞，每個女人身上都有洞，我去拍女人就好了。

隔天一早，我躲進女廁打掃間，站在鋁梯上往隔間看，我對自己點了點頭，這裡就是最佳地點。我拿著拍立得，眼睛緊盯觀景窗，進來隔間的有老師，也有學生，最多的就是我們班的女生，我看見她們稀疏或濃密的陰毛，撩起裙襬或拉上褲子的模樣，看久了好像每個女人都長得一模一樣，只有蕭雅文在熠熠發光。

正當我坐在水槽旁想，蕭雅文不上廁所嗎？隔壁間突然傳來喀答上鎖的聲音，奇怪的是，混著一連串男子的吐息聲。

我站上鋁梯，是蕭雅文和她的男朋友，男的坐在馬桶上，蕭雅文褪下裙子和黑色蕾絲內褲，跨坐在他身上。沒想到這麼輕易就看到蕭雅文的裸體，而且是在廁所裡，我想到他們打算做什麼，就打了個冷顫，鋁梯晃了一下，發出一點聲音。

她抬頭看了天花板一眼，馬上就看到端著拍立得相機的我，她歪斜著頭，瞇著眼睛打量我，又瞟了我一眼，就轉頭回去和男友接吻，她一面用嘴唇吸吮男友的唇，一面扭動著屁股，我看見陰莖在她濃密的陰毛中進進出出，她動了動眼珠，挑釁地盯著鏡頭，輕蔑地微笑。我按下了快門，抓著照片逃出女廁。

我在逃出教學大樓，倒在操場上氣喘吁吁地等待可能有的追擊——蕭雅文可能會找男朋友來揍我，一想到那男的比我高大，我就沒有勇氣。但沒有人過來找我，我小心翼翼繞回女廁，隔著門板，還能聽到蕭雅文的喘息聲。

蕭雅文根本他媽的不在乎。

照片在陽光下逐漸顯影，蕭雅文光潔的臀部被凸顯出來，她不屑的眼神變得柔和，被她壓在身下的男友是一團模糊的影子。我滿意極了。彭正凱要是知道我做了什麼，一定會說我就是惡俗到底了，有病。那又怎樣，現在我有了蕭雅文的照片。只是她不該是這樣的，她應該穿白色純棉內褲，而不是黑色蕾絲。她也不該有男朋友。如果蕭雅文的男朋友可以到處勾搭人，那她一定也有，這樣不行，我得和她談談。

我拿著蕭雅文的照片去找她。蕭雅文很快就妥協了。

「你想幹嘛？」

我拿著照片在她面前晃，「一、內褲穿白色的，款式要簡單；二、和男友分手，不准交男朋友。」

蕭雅文皺起眉頭，「你瘋了嗎？」

「我可以上山下海，拍到任何事，」我說，「要不聽我的話，要不我就跟著妳，拍照，然後公開。」

蕭雅文翻了一個白眼，「就憑你那台拍立得？」

「我還有手機。」我平靜地說。「就算把這張照片燒掉，我也還有拷貝。」

「你真的瘋了。」

「就這樣喔，我們說好了。」我把照片塞進蕭雅文手中。「這個給你當紀念。」

這幾天我感覺神清氣爽，男朋友不見了，蕭雅文認真讀書，發現我看著她，就會用一種半是怨恨半是同情的眼神盯著我。有時還會補上一個白眼。

可惜這維持沒有幾天，蕭雅文來找我談判：「我喜歡六班的一個男生，這次你不能攔我。」

「你不能喜歡別人。」我重申自己的原則。

「他會揍得你滿地找牙。」蕭雅文手插腰，很是得意地說。

「那又怎樣。」我假裝不在乎，其實心裡怕得要死，只好又拿出照片的事情要脅她。

「少來，那太模糊了。」她從鼻孔哼了一聲，「沒有人會相信是我。」

「我、我還有別張！」才怪。

蕭雅文又翻了個白眼，這是今天的第四十三個，「不然你想要怎麼樣？」

我想了一想，「這樣好了，你可以交男友，但要通知我。」

「通知什麼？」

「時間、地點，每一次我都要在。」

「你真的瘋了。」她按著頭，思考了一會，「好吧。」

於是我度過幸福的幾天，不管蕭雅文和男友在哪裡，我都可以躲在暗處偷偷看著他們，不時按幾下快門。直到教官把我叫去，我本來以為大事不妙，現在沒有彭正凱，教官反而盯上我了嗎？沒想到教官只是輕輕嘆了口氣，對我說，「同學，你爸爸在值勤時中風了，現在在醫院，你快點去吧。」

中風？我那個壯得跟牛一樣的老爸？我搖搖頭，覺得教官一定是搞錯了什麼，教官卻滑稽地蹙起眉頭，「教官知道你平常愛開玩笑，不是什麼壞孩子。教官不是會開玩笑的人，趕快打電話聯絡你媽媽。」

在教官的注視下，我只好掏出手機，撥了通電話給老媽，電話另一端的聲音聽起來像在哭，我總聽不清她在講什麼，嗯嗯啊啊幾聲，就掛斷了。我只保證我會乖乖去醫院探望老爸，就走出教官室。

一路上我回想了關於老爸的種種，從小只記得他穿制服的模樣，其他幾乎不復記憶。他在醫院裡情況很緊急，每個人都只和我重複這些字，我只記得小學時他在對街指揮交通，老媽牽著我經過，要我去和他打招呼，我只覺得丟臉，哇哇大叫不要，甚至在柏油路上打滾。

我的父親是一名警察，是人民的保母，我在公車上迷迷糊糊想到小學作文的開頭，他當了人民的保母就不能當我的保母，小時候我是有些恨他的，但長大一點，這份恨意不知為何變成我和他之間的隔膜，我寧可敬重他、疏遠他，也不願他靠近我和我的世界。尤其是我有了蕭雅文的祕密以後的世界。

正直嚴肅的老爸不可能理解的，我也懶得和他解釋為什麼我總帶著拍立得走來走去。

我在醫院漫無目的的閒晃著，一面拍下我喜歡的景象，在中庭曬太陽的輪椅老人，匆匆推著病床走過的護理師，眉頭緊蹙的打掃阿姨……我在病房前探頭，陽光灑在病床上，老爸和他額頭的皺紋一起沉睡著，來不及把頭髮染黑的老媽在旁邊靠著床邊的小櫃子，也睡著了，我端好相機，慎重的為他們拍了張合照。這大概是他們自結婚照以後，第一次拍沒有我的合照。相片被機器吐了出來，我搬了張椅子，靜靜坐著等這張相片醒來。

先醒來的是老媽，她對我招手，要我走近看老爸的方臉、圓脖子、雙下巴，「他看起來老了很多，不是嗎？」

老爸的下巴冒出灰白鬍渣，我覺得有趣，舉起拍立得拍了一張照片，可以的話，我真想知道更多觀看的方式。

「不好好念書，每天都在玩這種東西，」老媽有點氣起來，「這能考上好大學嗎？」

不能。我知道。我的成績始終不好不壞，要說頂尖的大學當然讀不了，不太差的學校隨便讀個外文系還做得到就是了。

見我沒說話，老媽又壓低了音量，「你爸在工作的時候，就這樣突然倒下來了。醫生說可能是太熱了。」

「他一直這樣睡嗎？」

「可能是中風。我們家以後不比現在了，你不要老是做夢呀，要想一些比較實際的事情，答應媽媽，好不好？」

我點頭。

「不要去讀外文系了，讀一點比較實際，馬上就能找到工作的科系，可以嗎？」

我把相機收進書包裡，點頭。

「說好，你答應媽媽。」

「好，我答應媽媽。」

「不要去讀外文系。」

「不要去讀外文系。」

老爸緩緩眨了眨眼，慢慢睜開眼睛，「你們剛剛在禱告嗎？」

一個很難笑的玩笑，我知道他都聽到了。

我勾起嘴角，「我和媽媽在猜，你什麼時候會醒。」

老爸露出歉疚的神色，「沒事，沒事，我在你媽來之前就醒了，一下子，後來又睡著了。」

「你好好讀書哇，」老媽接著說，「爸爸只是還不能下床而已，很快就會好的。」

才怪。接下來的日子是學校和醫院來回往返，爸爸所幸沒有傷到什麼重要的部位，也不是中風，就是心臟裝上支架。我去醫院說笑話逗他開心，他從用尿布便溺，到自己起床上廁所，也不用幾天就出院了。

麻煩的是出院以後，他還是不大能自由行動，於是請假在家，病懨懨地躺在床上，勉強靠著拐杖行走。我盡量不去和他對到眼，我自己也不知道為什麼，大概是老爸真的如老媽說的那樣老了許多。

「學校還好嗎？」老爸在玄關叫住我，我正要出門，只好心不甘情不願地轉向他，「還好。」

「這段時間你和媽媽都辛苦了，你考完試以後，爸爸帶大家去吃大餐！」

我點點頭，抓著書包——裡面只有一台拍立得——就往外走。

到了學校，蕭雅文沒來，我只好死命盯著眼前的書，好不容易才度過這天。蕭雅文的死黨說她感冒，才怪，一定翹頭去約會了。

隔天蕭雅文來了，口罩遮住大半張臉，成天趴在桌上，我隱隱偷聽到，她和死黨小聲抱怨：「被男朋友傳染了啦，唉唷，我跟你說他真的……」

我一直看著蕭雅文，發現她也不時會看著我，有時還會故意對我眨眼睛。我搞不清楚她想要幹嘛，只覺得有點暈眩。我該不會也被傳染感冒了吧？

我拿出口袋裡的照片數了又數，視線停在蕭雅文的裸體一會兒，又移到下一張，蕭雅文和死黨們聊著天，但其他人都模糊得彷彿一晃而過的車影，只有蕭雅文清晰得像是隨時要從照片走出來。我有時會想，到底是照片裡的蕭雅文好看，還是蕭雅文本人好看？

為了搞懂這件事，下課，我找蕭雅文去通往天台的樓梯談談，樓梯散發一種潮濕的霉味，她戴著口罩不斷咳嗽，口罩上方那雙黑水晶似的眼睛警戒地看著我，「你想做什麼？」

「沒有啦，又去約會了唷？怎麼沒跟我講。」

她哼了一聲，「我不用每件事都跟你報備吧？」

我搖搖頭，「我只是覺得很煩，我爸最近住院了，我媽一直逼我，很多事情都……變得很奇怪。我想你應該會懂吧……」

「我莫名其妙被你威脅，只要滿足你的要求就好，沒必要聽你這些小不啦嘰的煩惱。」蕭雅文翻了一個白眼，「還是你沒有朋友，才需要找一個……」她說著突然停下來，「對不起，我忘記彭正凱的事情了。」

我們都沒有說話，我坐在階梯上，看著侷促地把手背在背後的蕭雅文，她低頭踢著地板上的灰塵，忽然脫下口罩，把臉朝我湊了過來。

「幹嘛？」我往後退了一點。

「把感冒傳染給你。不要就算了。」她伸手扳住我的下巴，「安靜點。」

蕭雅文的嘴唇很柔軟，帶著淡淡的蜂蜜香味，只是碰到我的唇，蕭雅文就立刻移開，轉身下樓，留我一人呆坐在原地。

我連忙站起來，追上她，「蕭雅文，我……」

她慢吞吞地轉過身來，「什麼事？」

我一時語塞，臉從脖子紅到頭頂，什麼話也說不出來，蕭雅文笑了一笑，「要不要當我男朋友？」

「可以嗎？」我反射性地問道。

「明天星期六，我想出去玩，你陪我。」

「去哪裡？」

蕭雅文歪頭想了一想，「爬山。」

我和蕭雅文約在校門口，她穿著一件很短的細肩帶洋裝，我不知道要把眼睛擺在哪裡，只好先跟她說，「來，我幫你拍張照。」

蕭雅文拍完照什麼也不說，若無其事地牽起我的手，帶著我去搭公車，搖搖晃晃地一路轉車到偏僻的山道，我沒有問，所以蕭雅文一句話都沒有說。我跟著她慢慢走著，從健行者的步道直入山林中的獸徑，一開始還能看見零星的遊客，接著只有我們兩人走在一條小徑上，不時要撥開路邊的野草，蕭雅文依然牽著我的手。我手心冒汗，太陽很大，蕭雅文的長髮被汗水黏在頸上，我單手抓起相機，拍了一張照片。
「我小時候，我爸爸很常帶我到這裡玩。」蕭雅文忽然說，「如果你像彭正凱那樣騎車就可以比較快到，我爸爸開車。」
為什麼要提彭正凱？
「彭正凱帶我來過一次。」
彭正凱這渾蛋。幹他媽的他從來沒跟我說過。
蕭雅文自顧自晃著我的手，「我找你來，是想請你幫我拍這裡，不要把我拍進去。就拍這裡。」蕭雅文比劃著前面的一塊空地，「我覺得你幫我拍這個最合適了。」
「為什麼？」
「你拍就是了。」蕭雅文拿起我的手輕輕一吻。我收回手，這一定有鬼，「至少告訴我要拍什麼吧？沒頭沒腦的這怎麼拍？」
蕭雅文哼哼笑了兩聲，「我要你拍，你就拍。反正你不是最擅長不問別人就拍照嗎？」

這一定有鬼。我端著相機，遲遲沒有按下快門。

「欸，」我的眼睛離開觀景窗，「這跟彭正凱有關嗎？」

「我看過你拍彭正凱的告別式，那感覺好奇怪，明明他不在這裡，你卻拍得好像他在什麼地方看我們一樣。」

我有不好的預感，「幹該不會誰死在這裡吧？」

蕭雅文聳聳肩，「叫你拍，你拍就是了。」

「我才不幹呢。」我放下相機。

「你現在是我男朋友耶！」

「又不是男友就什麼都幹。」

蕭雅文挑眉，「你不是想幹我嗎？來換啊。」

我一愣，「在這裡？」

蕭雅文翻了個白眼，「當然是下山啊，我流了一身汗，還想洗個澡。」

開闊的空地，地上有些燒過的痕跡，幾團垃圾，我感覺到蕭雅文在我背後饒富興味地盯著我，今天太陽很大，但忽明忽暗，被樹蔭遮住時，倏然感覺背脊發冷。我等待陽光減弱，風大的時刻，所有的雜草都被風吹倒，露出雜草之中光禿禿的水泥地——旁邊還有幾片完整的冥紙。

感覺對了，我輕輕按下快門，我一張，蕭雅文一張，蕭雅文把照片小心收進皮夾裡，滿意地一看再看，「嘿，你也許可以是很傑出的攝影師呢。」

「我不可能去當什麼攝影師啦。」我聳聳肩，「彭正凱大概會說我有毛病才幫你拍這地方。」

我想跟她分享了我至今拍到的所有照片，尤其是彭正凱的葬禮，她拿著照片就往山下走，我問她拍得怎麼樣，她也不回答我。

下山的路比上山要快得多，蕭雅文勾著我的手，輕輕哼著歌，我手心冒汗，不時就要往褲子上抹一抹，到了公車站，蕭雅文專心望著公車開來的方向，我則看著她的側臉，怯怯地問她：「你答應我了喔。」

蕭雅文轉過頭來，「現在不就是要去旅館嗎？怎麼？你沒去過很緊張嗎？」

我沒有答話。公車來了，我們上車，車廂空曠無人，一站一站往市區前進。

蕭雅文還在哼歌，我緊抓著她的手，她只漫不經心地用另一隻手過來拍拍我的手，「別緊張，別緊張。」

我跟在蕭雅文背後，在一個不太孰悉的地方下車，站牌對面正好就是一間老舊的旅社，蒙塵的招牌寫著「休息四百，過夜一千」，蕭雅文走進去，裡面沒開燈，只有陽光隱隱從積灰的玻璃透進來，她倚在木頭櫃台上，把錢遞過去，一個很疲憊的中年女人，挑著形狀不太自然的眉毛，把鑰匙推過去給她。

蕭雅文念出房間號碼，就往走廊的深處走，有些壁紙剝落了，蕭雅文不以為意，在房間前停住，插入鑰匙，轉開。

門關上之後，蕭雅文就開始脫衣服，露出白皙的乳房和臀部，「你要不要一起洗澡？」

棗紅色的乳頭在她細白的身上格外顯眼，乳房軟軟地左右晃動，我忍不住想我的手能一手握住嗎？蕭雅文看我呆站在原地，嘻嘻笑了一聲，「想碰嗎？」

我吞了口口水，點頭，蕭雅文整個人湊了過來，柔軟的乳房貼在我臉旁，我抬頭看蕭雅文，她捧著乳房，笑著說：「笨蛋，含著啊。」

我含住她的乳頭，伸手揉她渾圓乳房，手指好像陷進一團棉花，甜甜溫溫，又帶點汗水鹹味，我的手往下滑，捏住她的屁股，她動了一動，我捏得更用力些，她輕輕呻吟……過一會，蕭雅文把我推開，「先洗澡。」

我應了聲好，慢吞吞地開始脫衣服，蕭雅文早就走進浴室扭開水龍頭放水，這裡竟然有個浴缸，我進去時，她正在用蓮蓬頭沖洗身體。我等她洗好才拿起蓮蓬頭，她坐在浴缸旁摸摸水的溫度，我聽著嘩啦嘩啦的水聲，突然想起一個問題：「所以到底是誰死了？」

蕭雅文走了過來，接過蓮蓬頭，輕輕沖洗我的頸背，一面伸手去撈我早已硬挺的陰莖，「我爸爸欠了很多錢，帶我們全家去那邊燒炭，最後只有我一個人活下來。現在我住在阿嬤家，阿嬤覺得我是災星害死全家，所以也不太理我。」

我感覺到自己全身的血液都集中到下半身，水氣氤氳，蕭雅文把她的身體整個靠上來，一隻手順著我的背慢慢滑下去，另一隻手玩弄著我的陰莖，我輕輕推開她，「這樣不好吧？」

蕭雅文挑眉，「都到了這時候你還不做嗎？是誰剛剛問我要不要做的？」

她走過去關上水龍頭，浴缸裝滿了水，蕭雅文跳了進去，水花濺到我身上，她倚在池邊，對我說，「來呀。你做不到是不是？」

「不是……我只是……」我向後退了兩步。

蕭雅文嘆了一口氣，「真是白癡，到底要不要做？」

「我不是為了這個才……」

「才怪。」

「好我承認我的確……可是不應該……」

蕭雅文從浴缸站起來，「好吧，我想我這樣走出去應該會有男人願意幹我。」

蕭雅文走出浴室，她的衣服都還在地板上，我呆坐在地，感覺空氣漸漸變冷了一些。

我聽見喀嚓一聲，轉過頭，浴室的門縫中看不到任何人，浴缸裡的水還在不斷冒出蒸氣，燈光閃爍不定，雖然是白天，卻看不清事物的輪廓。我的照片和相機都在外頭，我今天為蕭雅文拍了幾張照片，明天是星期天……我慢慢把自己泡進熱水裡，直到熱水也漸漸冷卻下來，蒸氣結成水珠，掛在冰涼的磁磚上。過了一會，聽見浴室外頭門打開又關上的聲音，她真的沒穿衣服就走出去了？

我沒有勇氣走出去確認，只能盯著天花板上的黴斑，牆壁上的老式花磁磚，暗紅色的浴缸和馬桶。在腦中一張張想著自己拍過的照片，想到這台相機拍的第一張照片就是彭正凱自己的小拇指，想到買相機之前，彭正凱曾經騎著他那台拉風的摩托車帶我半夜去蘭潭兜風，我羨慕他有車。記得半夜馬路無人，我們沿途大吼大叫，將菸蒂隨手往路邊拋，沒有戴安全帽。風掠過我的頭髮和耳際，彭正凱加速，衝下一個斜坡，我像個無聊的妹子那樣尖叫，尖叫聲劃破空氣，我覺得自己好像要飛起來了。

「彭正凱這白癡。」我想到他，無聲地笑了起來，旋即又想起彭正凱和他的機車早就死了。環形日光燈還在閃爍，我爬出浴缸，打了個冷顫，看著小小的浴室，牆上的鏡子也結滿水霧，我伸手擦去霧氣，看見自己的臉，我忽然想起，從未給自己照過相。

我走出浴室，看見地上一張相片正在顯影。相機被丟在旁邊。照片中的我沒有笑容，光裸著身體，看起來格外像一隻猴子。

我讀完的時候也差不多靠近基隆港了，進入市區，車流變慢了，車子慢吞吞地穿行在因為潮濕而顯得陳舊的街巷中，房子看起來都很老很老了，好像隨時會打呵欠，懨懶地睡去。

「很有趣耶，」蜥蜴說：「蕭雅文又出現了。」

「其他篇不知道還有沒有蕭雅文？」我說。

「不知道，我搜一下關鍵詞。」蜥蜴拿出手機，過了幾秒，她說：「有耶。還不少，看起來蕭雅文是下一篇的主角。」

「還有其他關於哲生的詞嗎？」羅老師說：「我很好奇你們這代人是怎麼看他的。」

蜥蜴看著手機：「還有一篇，很短，我念給你們聽。」

作者 ghostlivesin（鬼的狂歡）
看板 BeATree
標題【靜止】夏天的回聲

親愛的哲生：

原諒我叫得親暱，我不認識你，只能慢慢讀你的作品，慢慢地，調度所有我能探查的線索，去補綴你隱藏起來的，龐然的傷痕史。隔了十年，我才讀到你的朋友們，在你離開那陣子寫的文章。他們都叫你哲生，看久了，也跟著叫得習慣，我常跟別人說，「哲生的小說很好看。」他們都會愣愣地問我，哪個哲生？

對啦，袁哲生，袁哲生的小說很好看。我只記得這件事，而常常忘記你的姓氏，彷彿我真的是你的朋友。我想你不知道，每年，固定的時刻，我會去看望你，越過一整條海岸線，翻過一座山曲折的小徑，抵達一棟在山林中顯得突兀的大樓，在櫃台前報出你的名字，穿制服的小姐為我抄寫你的位置，我循地址尋你，在你面前放上一根香菸。我想，你要是知道面前擺了什麼菸，大概會不屑地哼一聲吧。十年過去了，你還是待在那個小小的格子裡，而我終於走到近前，輕輕放上一根菸。

哲生，一向都是你說故事，換我說個故事給你聽。

人死後會變成蟬。蟬是小說家，在地底十七年的時間，都在寫小說，謹慎地寫好了，才到地面上發表，朗讀自己的作品，和喜歡自己作品的蟬求愛。蟬不怕聲音和其他的蟬混在一起，因為牠們在聽到其他蟬的作品時，就會用牠們這十七年的準備，即興編造故事，於是整個夏天的蟬鳴會形成一部龐大的史詩。蟬並非在交尾後死去，而是再次脫去殼，回到地底，寫新的小說。

這是我在探望你的回程，一整山噪噪的蟬與我說的。我很高興你不在那個永遠不會打開的格子裡，你在〈夏天的回聲〉裡，寫母親壓著「我」對墓碑鞠躬，在〈沒有窗戶的房間〉裡，寫了一個很想逃離殯儀館的打工仔，我一直奇怪，你怎麼會把自己弄到那裡去？

還好牠們和我說，你很快樂，我知道，你一定在寫新的小說。

最後，有件事我想跟你道歉，你待的那個格子太好查了，只消鍵入幾個關鍵字，我馬上就知道你在哪裡，這樣做不好，我知道，但我在你的格子前看見兩根不同的菸，我想，一定有很多人和我一樣，躲在哪裡偷偷想著你。

但是，你躲進一山的蟬裡頭，誰也找不到你了。

「故事很美。」我說。

「沒有窗戶的房間……啊，早該想到的。」羅老師說：「我真害怕我們永遠都慢了一步。」

「不要緊，那也沒關係，也許這樣他們就自由了。」蜥蜴說。

「我不認為，那真的是自由嗎？他們只是把他們的問題留給活著的人而已，這很不負責任。」我有點激動。

「這真的是不負責任嗎？也許就是我們這些活著的人給他們太多責任了，他們才要離開。」蜥蜴說。

「我不知道。我在你們面前總是要強撐著一個大人該有的樣子，保護你們，但大人啊，也總是會受傷的。」羅老師說：「或者說，受傷太多，才發願要保護別人，才成為了大人。」

「那我也想當大人。」我說。

「我也是。」蜥蜴附和。

羅老師呵呵笑：「你們啊，已經是大人了。你們正是因為想要保護他人，所以才出現在這裡的呀。」

「但我真的害怕，」我說：「如果像蜥蜴說的一樣，活著反而是他們的負擔，那為什麼我們要自以為是，把對方從死之中打撈起來？」

「要我說的話，活著本來就不是什麼快樂的事。」蜥蜴說：「我們只是努力在其中找樂子而已。」

「這段話怎麼有點熟悉？」我說：「剛剛好像在哪裡看過。」

「你如果搜尋『活著』或『快樂』之類的詞，就會得到和黃國峻相關的文章。」蜥蜴說。

「國峻是很溫暖的人啊。」羅老師說。

「我把內容唸出來，你們就知道了。」蜥蜴說。

作者 **ghostlivesin**（鬼的狂歡）
看板 **BeATree**
標題【盲目】國峻不回家吃飯

親愛的國峻：

你不回家吃飯了，每個讀過國中的人都知道這件事，但沒有人知道你為什麼再也不回家吃飯。我猜想，問這個問題很徒勞，因為活著就是一件沒有意義的事。

你說了很多的笑話，我想像你想著這笑話一定可以流傳百年，一邊提筆寫下的模樣，也許你還會自己看著文章傻笑。但抱歉，二十年後看起來就有點尷尬了。你那時不時興政治正確，有些話我總覺得不該說出口。但你說了。你終究不是自己想的喜劇之王。

就算再怎麼善於說笑，也有許多話說不出口吧。

有一些真正幽默或者幽暗的地方，是關於你說：「我們活人像孤兒般被死人遺棄在這個介於天堂與地獄之間的汽車休息站」，真正的終點是「天堂與地獄」，活著只是「被死人遺棄」在旅程起點與終點間一個不上不下的無聊地方。

我也覺得我被你和其他人給遺棄了。你留給我們的，是一個這麼大又這麼不快樂的世界，吹著很大很大的風。

你在書裡寫道，發現自己的疾病，讓你感覺到對未來的希望，知道一切疑難終究會有解方——儘管那可能遲來。但最後這個解方總是失效了，它沒有幫助到你。你寫下的註解，只予我一個苦笑。

「看吧。」蜥蜴說。

「是不是要把這文章解釋成江琳想要做什麼呢？」我說。

「太牽強了。」羅老師皺眉：「每個人都有每個人的黑暗面吧，我覺得這也沒什麼好說明的，那些幽深、複雜、黑暗的地方，才是創作的來源。」

「所以這些人就任由自己被這吞噬嗎？」我說。

「倒也不是，真正阻礙生活的，都是一些非常小而懊惱的事。」羅老師說，行雲流水地打了個方向燈：「比方說被長期頭痛困擾而自殺的人，也是有的噢，大家都不明白是怎樣的問題，只是有一天這個人突然就忍受不了了。我並不是說長期頭痛是一件小事，這件事可大可小，問題在於你怎麼去忍受它，周遭的人知不知道你正在面對怎樣的困難……如果這是一件沒有人可以理解的事情，就算身邊的人再怎麼友善，最終都還是會感覺孤獨的吧。」

前方就是港口，我看見一些紅色藍色的警示燈在路邊閃爍，整個港口都是警車和消防車，一群警察圍在一起討論，不知道在說些什麼。

「就是這裡了吧。」我說。

「我們又不是警察，要怎麼靠近？」蜥蜴說。

「偽裝成家屬？」我說。

蜥蜴翻了個白眼：「你瘋啦？」

「不然這樣好了，我們先去找停車位。」羅老師說：「下車之後我們過去看看，說不定會有什麼線索。」

經過幾次徒勞無功的繞圈，我們在一處僻靜的巷子停好車，走近拉起封鎖線的港邊。海看起來像是大塊的仙草凍，在路燈下起起伏伏，海竟然離路邊這麼近，這是難以想像的事。

我們才靠過去，就有個理平頭的年輕警員走過來：「不要靠近這裡。」

「怎麼了嗎？」羅老師說。

「似乎是有人落海，麻煩你們離遠一點，不要妨礙搜救。」警員說。

我們退到旁邊，停車的暗巷裡，蜥蜴焦慮地說：「她真的跳下去了……」

「不知道……」我也很沮喪：「我希望她沒有，可是她……」

「你們盡力了，」羅老師說：「大家都盡力了。」

電話響了，我猜大概是黃警官要來告訴我們一些噩耗，我接起來：「喂？」

「我這邊是黃警官，我要告訴你一個好消息和一個壞消息。」我打開手機擴音。

「你想先聽哪一個？」黃警官問。

「好消息。」蜥蜴搶先說。

「好消息是，江同學沒死。目前還沒有。」黃警官說。

「什麼？」我問。

「我們調閱監視器，發現江同學把手機扔進基隆港之後，就轉身搭上一班公車，但現在還沒有回到家，我們還在追查她的下落。」

「那壞消息是什麼？」我小心地問。

「她現在沒有手機，誰也不知道她在哪裡，只能地毯式搜索了。」黃警官回答：「當然，我們警方還是會盡快將她找回來的，但卡在一些行政程序的問題，我想你們已經在基隆港附近了，直接去找可能比較快。」

「不能調閱她的悠遊卡紀錄嗎？」蜥蜴說。

「我也想過這個問題，」黃警官說：「但她名下的那幾張卡片，從上星期開始就沒有任何搭乘紀錄了。」

「可以告訴我們公車號碼嗎？」我問。

「當然。希望你們早點找到她。」黃警官說：「我們恐怕還沒辦法那麼快展開搜索。」

我記下公車號碼，蜥蜴調出路線圖，羅老師領著我們到一間便利商店：「都餓壞了吧？我請客。」

「這怎麼好意思。」我說。

「不，大人沒有你們的很多東西，只有錢比較多一些，所以讓我來付吧，當作是贖回青春的禮物。」

「你這樣講有點難懂。」蜥蜴皺眉。

「總之，以後有機會，你們再去幫忙更年輕的人就好。」羅老師抓抓頭：「啊，反正我想請客啦，你們讓我請吧。」

「那我想吃這個！」蜥蜴高高興興地拿起海苔飯糰。

「你也去吧，別餓壞啦。」羅老師輕推我的手臂。

我拿了幾個麵包和運動飲料，羅老師要了一包菸，就站在門口，點上火，抽了起來。

「接下來要去哪兒？」我說。

「公車有很多站耶，不知道她會去哪。」蜥蜴啃著飯糰。

羅老師吐了口煙：「這麼晚靈骨塔已經關門了。應該不太可能去那裡。」

「有沒有什麼沒注意過的線索？」蜥蜴問。

「黃國峻？」我說：「關於他的事情很少被提到。」

「老實說，這些人我都是第一次聽到。」蜥蜴說。

「說真的，一次又一次有人召喚這些名字，就好像他們的作品代替作者本人，在這個世界上多活一段時間一樣。」羅老師說：「我很高興有人還記得他們。我也想知道，你們那個同學，為什麼執著於這些『內向世代』的作者。我猜想，她一定是個很孤獨的人，像水晶球裡面的雪人，輕輕搖晃就下雪，但隔絕在自己的透明世界之中。」

「我不知道，老實說，我認識她太少了。」我說：「就是突然意識到死亡會造成認識的不可能，或者說阻斷了一切可能，所以才想要在來不及之前，把對方從那個自我隔絕於世界的景況中拉出來吧。」

羅老師吐出一口煙：「黃國峻的作品都在談認識之不可能，角色之間互相友愛，但那個愛是空的。並不是不愛，只是互相不理解，溝通也無效。沒有激烈的衝突，人物只是靜靜地活著，接受這個絕望的處境。也許他認為，生命就是這樣，儘管他很努力想讓人笑出來，那個笑臉背後，仍是巨大的哀傷啊。」

「我好像可以理解這是什麼感覺。」蜥蜴吃完飯糰，把包裝揉成一團，扔進垃圾桶。

「怎麼說？」我問。

「我常常覺得我身邊好像有一道透明的牆，不管我說什麼，都傳不出去。家人也好，同學也好，每個人都對我很好，但我就是感覺大家跟我隔著一道牆。很奇怪，我就是感覺不到他們喜歡我。」蜥蜴說：「我故意表現得很任性，希望有人罵我，或者看到他們生氣，或者有一些情緒和反應。但他們都像沒事人一樣地接受了。我覺得很孤單，好像不管怎樣都找不到和別人的連結一樣。就算被誤解，那也可能是理解的開始。我不知道為什麼每個人都對我好得出奇，但又不肯接受我。」

「我有點聽不太懂。」我說。

「感覺自己好像活在《楚門的世界》一樣，那些都很好，但都不是真的。你活在一個虛擬的棚景中，你的父母是演員，朋友是演員，整個世界聯合起來一起欺騙你。」蜥蜴說。

「感覺真糟。」我說。

「我覺得這煩惱很奢侈，所以沒有和人說過。但我確實感覺很糟糕。」蜥蜴說。

「不是沒有愛或不愛，只是你不知道怎麼和人建立連結。」我說：「這樣的話，多跟人接觸，累積經驗，也許總有一天那扇門會打開？」

「我不知道。」蜥蜴說：「回到學校以後，讓我一起去打桌遊吧。」

「好。」我說。

羅老師捻熄了菸：「我們出發吧？」

「去哪裡呢？」我問。

「海邊。」羅老師說。

「為什麼？」蜥蜴問。

「直覺。」羅老師歪頭想了一會：「《鱷魚手記》的最後一章在海邊，鱷魚在浴缸裡越漂越遠，最後，海上的浴缸起火燃燒。」

「我看看地圖，」蜥蜴掏出手機：「這邊有兩個公車站剛好停在海邊，但其實沿途都是海，畢竟這台公車沿著濱海公路開……」

「啊，這邊，這是哲生的靈骨塔所在的位置。」羅老師說：「沿著山路上去是靈骨塔，下來會去到海邊……」

「我們就去這站找吧。」蜥蜴說。

我們回到車上，我繫好安全帶時，蜥蜴說：「剩下的文章不多了，也許你可以讀讀看這一篇。」

說著她把紙遞給我。

作者 **ghostlivesin**（鬼的狂歡）
看板 **BeATree**
標題【盲目】往天堂的賓士之旅

1

經過幾次周旋，幾次拒絕，幾次徒勞無功地在某處等待，他終於讓蕭雅文坐在他的副駕駛座，夕陽正在漸漸沉落，蕭雅文搖下車窗，冷風灌進車內，他不禁打了個哆嗦。

「我很喜歡看夜景。」蕭雅文開口，眼角的痣讓她看起來更加性感，「謝謝你邀請我。」

「我知道陽明山上有個地方很不錯，晚點我們在那兒吃晚餐。」他說著，猛踩油門，往山上開去。

他本來以為自己莽撞的行徑會被蕭雅文責備，但她只是輕呼一聲，接著咯咯笑了起來。

「真好玩。」蕭雅文的長髮在風中翻飛。

他其實也不知道自己為什麼如此著迷於蕭雅文，蕭雅文是個大部分時間只聽不說的女孩，他想，每週和蕭雅文見一次面，也許對某些人來說，可比心理諮商。

或者這是一種癮頭，沒見到她就成天不舒服，偏偏她行蹤飄忽不定，也很難聯絡上。

他的手放在方向盤上，正滲出冷汗，他下意識地用褲子擦擦手，把注意力放回前方的山路。

他總是不知道要和蕭雅文說什麼，這也許是這次他被蕭雅文選上的理由。他不知道為什麼這麼美麗的女孩會滿二十歲還不去改名，這個名字對她來說太土氣了，他假裝不經意地隨口問她，蕭雅文只是笑一笑：「這是我父母唯一留給我的東西。」

「我第一次聽到你提起你的家人。」他有點緊張，也有點興奮，這可以四處向她的親衛隊炫耀了，蕭雅文第一次提到她自己，還是她的家人！

蕭雅文忽然說：「有菸嗎？」

他停車，從褲袋掏出一盒菸，為蕭雅文點上火。

2

爸爸說要帶我們去玩，全家人一起坐上爸爸的賓士車。賓士車黑得發亮，有種奇妙的皮革味道，跑在高速公路上很拉風，路上經過很多很多汽車休息站，我和妹妹吵著想上廁所時，爸爸就會駛進一家休息站。

休息站有一個很大很大很大的廁所，攤販賣著各式名產，但不管哪一種都充滿尿騷味。我和妹妹並不介意，上完廁所之後就要大人買冰淇淋或芋頭酥給我們吃。

爸爸從褲袋中掏出鈔票，很慈愛地遞給我：「想吃什麼儘管買。」

那是我生命中最快樂的一天。沒有人打罵我和妹妹，擺脫老是碎碎念、又常常罵媽媽的阿嬤，和爸爸媽媽單獨相處——因為工作的關係，他們總是非常忙，把我和妹妹丟給阿嬤照顧。

我不會說他們是不負責任的父母，畢竟他們也給過我很多快樂，我把那些回憶收在腦海中，沒有留下任何紀念物。

有些事情我是後來聽說的。

我吃了冰淇淋以後，很快就睡著了。妹妹睡了又醒，在爸爸和媽媽準備服下安眠藥時醒來，爸爸希望她安靜點，本來想給妹妹也吃藥，但妹妹哭鬧不肯，爸爸怕她把我吵醒，就把用車上的毛毯把妹妹悶死了。

我在醫院醒來，阿嬤充滿皺紋的臉浮現眼前，她哭著說一些我不懂的話，我摸摸褲袋，還有一些零錢叮噹作響。

這個故事並不奇怪，也不可怕。我只是想向你敘述，對我而言，生和死的邊界，似乎就在睡眠之中，是每天都會發生的事。有一陣子我很害怕入睡，因為就是那短短又長長的一覺，我的命運就底定了。

誰會在睜開眼時，否定生命就是一種奇蹟？

我是奇蹟的孩子，我不能這麼說。

所以最後我並沒有放棄生命，我是說，很多次我想，但最後沒有。並不是我不想念那些死去的家人（包括在高中過世的阿嬤），或者我感覺不到痛苦，而是我不知道那有什麼意義，生和死的界線有那麼容易劃分清楚嗎？

每次醒來，我都當作自己死過一次了。

3

蕭雅文點上菸，自己並不抽，只是夾在她細長的手指間，慢慢等菸燒盡。她說完話，捻熄菸，對他嫣然一笑，把菸蒂放進他手心。

他看著有些餘溫的菸蒂，好半天說不出話。

「嘻嘻，是騙你的。」蕭雅文說完，上車，繫上安全帶，從車窗裡探頭叫他：

「不是要去餐廳？」

「是啊，等等我吧。」他說著，拋掉菸蒂，轉身上車。

晚餐一如往常，他說些不著邊際的笑話，蕭雅文笑，他有時會產生自己是笑話高手的錯覺，但又知道這不過是蕭雅文哄人的招數，不覺又沮喪起來。只是蕭雅文說的故事實在太真，他不知道要不要相信，也想知道為什麼挑中自己。又或者這是蕭雅文準備好的，每個人聽過之後，都以為自己知道了蕭雅文身世的祕密，不會去跟別人核對故事的虛實。

但為什麼是他？只是因為他對蕭雅文有求必應？還是因為他特別馴順？

他想不透。躺在床上，聽著外頭轟轟的車流聲，他實在想不透。

他這個人很簡單，生活兩點一線，在公司吃便當，下班買自助餐，宵夜吃泡麵。沒有什麼嗜好，存了一點錢，買了一輛日本車代步，在雙親覺得該結婚的年紀，開始尋找對象。當然他知道蕭雅文是絕對不可能和他結婚的，但他還是另外開了一個戶頭，固定把部分薪水轉入。那是他的結婚基金，雖然他不知道新娘子是誰，什麼時候會出現在他的生命裡。

蕭雅文似乎沒有朋友。他曾試探性地問她，要不要多帶些朋友，他也約朋友一起，蕭雅文搖頭，說：「我不喜歡人多的場合。」

他也想知道為什麼自己這麼著迷於蕭雅文，明明不那麼美麗的女孩只要滑開手機螢幕，願意多聊兩句就有，但自從他迷上蕭雅文之後，那些交友網站和軟體就被他冷凍了。現在，告訴他蕭雅文是誰的朋友，已經沒再和他聯絡了，偶爾聊起，也是在交換蕭雅文的情報。得知了神祕的蕭雅文，以及她擁有的親衛隊之後，他開始好奇這個圍繞著蕭雅文轉的宇宙是什麼樣子，從而也投身了進去。

他開始搜尋哪裡好吃、好玩、好逛，為了成為配得上蕭雅文的男子，他開始訂製衣服，注意打扮，看雜誌上的手錶簡介。一次出遊，蕭雅文幫他挑了一款香水，他只有在赴約時會珍惜地噴上。

他的人生很無聊也很豐富，但他不以為蕭雅文是女神，他只是想，這樣聰慧的女孩，每天陪一些無聊男子吃飯，不煩嗎？

也許這就是蕭雅文的生存方式，她絕口不提自己，讓對方以為她只聽不說。

這個故事是編造的也好，他希望這是蕭雅文心血來潮說的謊話，如果是真的，那他不免同情起她複雜飄零的身世。而如果，如果這個故事是真的，蕭雅文為什麼不以此為賣點，這不是更容易換得男人的同情，又更容易得到他們口袋裡的資源嗎？

據說蕭雅文自己租一間房，房內幾乎什麼都沒有，一張床、一個梳妝台、一個書櫃、一架衣車，地板光潔，一塵不染。這是瞥見蕭雅文手機內照片的親衛隊說的，他們把她當女王崇拜，但又私下流傳誰跟蕭雅文上過床。

但那些謠傳和她上過床的人，都說沒有這回事。親衛隊說他們可能在暗中回味蕭雅文的床技，不想把這件事和人分享，但又太驕傲說溜了嘴。

他覺得情況應該是反過來的，這些人沒上過蕭雅文的床，只是吹牛，又怕吹破牛皮，只好否認。

他看著白色的天花板，天氣很好，陽光從窗戶射進來，不用開燈，室內也很明亮。風吹動白色窗簾，他穿著白睡衣躺在白床單上，幾乎要以為自己是病人。

單身一輩子，第一次感覺好像有個女孩很接近自己，就算是假象，他也想相信。

他拿起手機，放在眼前緩緩滑著，蕭雅文的那個對話框還沒有已讀。

他放下手機，不禁又重新想著，是什麼事情讓蕭雅文願意開口呢？

他真的想不透。

4

「都是真的。」蕭雅文眨著大眼睛，「我為什麼要騙你？」

他搖頭：「不知道，搞不好你覺得騙我很好玩？」

「騙你不好玩呀。」蕭雅文搖晃著酒杯，冰塊在玻璃杯裡叮叮噹噹。

「那什麼比較好玩？」他心不在焉地問，蕭雅文如果是真名，那他花點心力確實可以查到。

「兜風。」蕭雅文孩子一樣地歪頭：「我喜歡坐車。」

「為什麼還喜歡坐車？」他問，佯裝不經意地撈起花生，放入口中。

「那時候最快樂呀。」蕭雅文撥了撥頭髮：「你不會也想回到小時候，無憂無慮，什麼都還不知道的時候去嗎？」

他搖頭。

蕭雅文說：「也有這種人呀。」

「小時候沒有現在好，」他意外脫口說出肉麻的話：「現在有你。」

「我？」蕭雅文咯咯笑起來：「我有什麼好？」

「沒有人關心我吧，和你在一起，才像是活著。」他說。

「怎麼忽然開始可憐了起來？」蕭雅文笑，「怎麼啦？有什麼委屈？」

他嘆了一口氣，搖頭：「也沒什麼。」

「可以跟我說，雖然不一定能解決，但說出來總是比較好。」蕭雅文往他的方向靠近了一點。

「我只是個普通人，我當好兒子、好學生、好下屬，已經當了很多很多年了。」

他說：「公司前幾天跟我說，嘿，我們要找個人升任主管，經過討論，就決定是你了。於是突然一整個部門都交到我手上，我不知道怎麼辦，但公司還是運作得好好的，我也不知道哪裡出了差錯，我就是覺得——」

蕭雅文伸出細長的手指抵住他的唇。

「這不是一件值得開心的事嗎？」蕭雅文在他耳邊說，輕撫他的背脊，他發現自己竟然哭了出來，他胡亂抹去眼淚，把杯裡的酒喝乾。

「不要緊，不要緊，」蕭雅文輕拍他：「你做得很好。」

「我真的做得好嗎？」他話出口時，發現自己正在哽咽。

蕭雅文緊緊抱住他，輕輕拍他的背，一句話也沒說。

他的眼淚一直掉，他知道他缺少什麼了，他的生命需要蕭雅文。

他結結巴巴地問：「蕭雅文，你叫蕭雅文嗎？」

蕭雅文用手帕擦去他眼角的淚：「是，我是蕭雅文。」

他深呼吸一口氣，看著蕭雅文的眼睛說：「蕭雅文，你願意嫁給我嗎？」
蕭雅文歪頭想了一想，說，「我會認真考慮。」

5

他和蕭雅文在幾個月後結婚。
蕭雅文從仙女變成一個實際又強健的家庭主婦。但他無所謂，蕭雅文是那麼美麗，而他的生命也確實被蕭雅文改變了。
他們沒辦婚禮，只簡單辦了一次家族聚餐，主要是介紹蕭雅文給他的家族。他們到戶政事務所登記，他發現蕭雅文真的沒有家人。
「都是真的？」他問。

「我幹嘛騙你。」蕭雅文翻了個白眼。

「但是——現在說這個好像有點晚了——為什麼是我呢？」他問。

「只有你認真跟我求婚。」蕭雅文說：「其實有人問我，我都會說的。剛好你問了，我就告訴你。」

他啞然失笑：「就這麼簡單？」

「對，」蕭雅文點點頭：「就這麼簡單。」

他搬出單身時住的小套房，租了一間採光明亮的老公寓，前有陽台供蕭雅文種幾盆香草植物，後有洗曬衣服的大陽台。蕭雅文包辦了一切家事，他帶著便當去上班，下班回家吃熱騰騰的飯菜，地板永遠整潔，父母都對蕭雅文讚不絕口，問他去哪兒找到這麼好的媳婦。

他發現蕭雅文並不是親衛隊謠傳的那種，有潔癖的控制狂。有時候前陽台會放著兩包垃圾，他問蕭雅文，她只是吐吐舌，像心虛的孩子：「沒追上垃圾車。」

她的衣服很多，儘管沒帶什麼家具過來，衣服和書的量都遠遠超乎他想像。蕭雅文閱兵一樣，一一檢視她的衣服，而他只是呆站一旁看著。如同蕭雅文闖入他的租處，這邊收收，那邊收收，把東西一一裝箱，堆上他的車，要他開往新住處。家就這樣搬好了。

「這件不要，這件也不要。」蕭雅文沒有一絲猶豫，但他看著倒是有點心疼了。

「很貴的吧？」他說。

蕭雅文突然變回婚前那個狡黠少女：「又不是用我的錢買的。」

「但還是可惜呀。」他說。

「以後穿不到呀，放在櫃子裡發霉才可惜。」蕭雅文把長髮用鯊魚夾夾起來：

「這些先放陽台，過幾天捐出去。」

蕭雅文向他要了一間房間，那是她的書房，三面書牆，包圍著地毯和中間的懶骨頭，他很少進去書房，經過時，常常看見蕭雅文或坐或躺地看著書——有時是小說，但更多時候是食譜和繪本。

他上班時，喜歡在工作空檔想像，蕭雅文正忙著用吸塵器吸地板、洗衣服、上市場買菜，忽然感覺很像某種放置型的手機遊戲，養青蛙那種，三不五時點開看一下，青蛙也許出門了，也許在家裡發呆。蕭雅文也是一樣，也許她正倚著懶骨頭看少女漫畫呢。

假日他們會開車出去，到近郊兜風，蕭雅文特別喜歡山上，她說星星特別明亮，她小時候，父親會指出夏季大三角的位置。他聽著，以為這就是幸福生活的全部了，他不會虧待蕭雅文，也不會完全了解她，他沒辦法回到她的童年去彌補傷口，但可以與她創造新的回憶。

他就只是一個普通的男人而已。他猜想，蕭雅文需要的也許不是錢，只是像他這樣一個普通的對象而已，平衡錯差的人生，邁入人人都讚好的坦途。

6

「還會怕睡覺嗎？」他靠在門邊問。

大概是一種預感，他在半夜醒來，發現身旁的蕭雅文不見了，書房的燈亮著。

蕭雅文揉了揉眼睛：「我有時候會害怕黑夜。有時候會突然醒來，覺得到處都暗暗的，很恐怖。」

他走近，輕輕抱住蕭雅文。

「這樣有比較好嗎？」他問。

「有。謝謝你。」蕭雅文說著，在他懷裡哭了起來。這是他第一次看到蕭雅文哭。

「怎麼了呀？」他輕聲說。

蕭雅文搖頭。

他把蕭雅文打橫抱起來，放回雙人床上，輕輕親吻她的臉頰。

「抱我。」蕭雅文說。

他擁抱她。

天色漸漸亮了起來。

蕭雅文轉頭望向窗外，說：「其實我只是裝睡。我知道妹妹死了，爸爸媽媽也要去死，我很害怕，不知道怎麼辦，只好假裝我睡著了，一動都不敢動。就這樣一直到早上，我才真的睡著。」

他抱緊她：「沒事了，現在都沒事了。」

「我只想問，為什麼是我活下來呢？」蕭雅文說：「為什麼其他人都順利死掉了？我不會說我之後的日子很痛苦或很辛苦，但為什麼是我呢？」

他想了一想，說：「可能就像我問你，為什麼是我，你告訴我這只是剛好而已。你也只是剛好而已。沒有順不順利。」

蕭雅文嘆了一口氣：「今天可以陪我嗎？」

「我會向公司請假。」他說。

蕭雅文把臉埋進他胸口，他的白睡衣被眼淚浸濕。風吹動白色窗簾，他輕拍她，喃喃說：「沒事的，沒事。」

蕭雅文哭累了就睡著了。他看著她的睡臉，為蕭雅文拉好棉被。

蕭雅文睡得很熟，發出輕輕的鼾聲。

天色越來越亮，他拉上窗簾，白床單裡睡著的蒼白女子，看起來多像在病院。

北部濱海公路

一面是海，一面是山，若近秋冬，會看見整山的芒草搖曳。沿途經過核二廠及台電的核能資料展示館、大量海景咖啡屋、海景民宿、熱炒店和釣具行，也會經過野柳觀光風景區。不知道在景區生活的人如何面對他人的假期與自己的日常。

「喂，到底為什麼人要自殺？」車子彎彎繞繞地開出基隆市區時，蜥蜴突然從黑暗的車子中發出這個問題。

我放下手中的紙張：「因為絕望吧。」

「那為什麼還能寫出這麼美的句子呢？」她問。

「什麼句子？」羅老師問。

「她在個版上貼了一首詩。」蜥蜴說。

「可以念出來嗎？」我問。

「你自己去看不是比較快嗎？」路燈在她臉上落下明明暗暗的影子，我看不清她的臉，只好在黑暗的車上打開螢幕。

「我在開車呢，讀給我聽吧。」羅老師說。

蜥蜴深吸一口氣。

作者 **ghostlivesin**（鬼的狂歡）
看板 **BeATree**
標題 **面朝大海，春暖花開**

面朝大海，春暖花開　　◎海子

從明天起，做一個幸福的人
餵馬，劈柴，周遊世界
從明天起，關心糧食和蔬菜
我有一所房子，面朝大海，春暖花開
從明天起，和每一個親人通信
告訴他們我的幸福

那幸福的閃電告訴我的
我將告訴每一個人

給每一條河每一座山取一個溫暖的名字
陌生人，我也為你祝福
願你有一個燦爛的前程
願你有情人終成眷屬
願你在塵世裡獲得幸福
而我只願面朝大海，春暖花開

「聽起來很不妙。」我說。

「還用你說嗎?」蜥蜴沒好氣地說。

紅燈,羅老師停下車子:「這真不妙,這是海子的最後一首詩,寫完兩個月後他便臥軌自殺了。」

「我總是想,為什麼自殺者眼中的世界好像特別……澄澈?」我說:「他們像是張著一雙全新的眼睛在看這個世界,令人痛苦的腐爛的世界好像都開出花來了。」

「因為這跟他們已經沒關係了。」蜥蜴說。

「什麼意思?」我問。

「邱妙津在最後一篇日記裡面寫道:『我之於人生確實是強悍的,我一點都不軟弱。』中間還有一段吧?我記不清了……後半段是這樣的:『人生中可以得到的,我全部可以得到,現在我明白只要我想要的一切我都可以得到。人生何其美,但得不到的也永久得不到,那樣的荒涼是更需要強悍的。』」羅老師重複道:「那樣的荒涼是更需要強悍的。」

我沉默看著路燈不斷往後退，羅老師似乎加快了速度，我感覺自己緊貼在椅背上，像雲霄飛車往上竄升。

羅老師喃喃念著：「陌生人，我也為你祝福……願你在塵世裡獲得幸福……你看，他把自己和其他人分開了，他是孤立的人，死後餘下的一切，都與他無關了。」

「沒關係的事情，當然可以很輕鬆地去面對。不會再被這個世界勒索和綁架，當然是一種解脫。」蜥蜴說。

「我認為江琳不是這樣的。」我說：「看這些作品，感覺她很憤怒，有很多話想說，但不知道為什麼，一定要去模仿別人，才願意說話。」

「會不會是她其實沒有能力？」蜥蜴說：「到了要寫遺書交代事情的時候，一般來說——尤其是寫作的人，都會想要用自己的話留下一些什麼，她卻選擇了這首被引用到爛的詩，作為最後的貼文。那有沒有可能，這些小說，還有那句關於房間的話，說不定根本不是她寫的。會不會我們一直以來都誤會了，其實寫作這些文章的，根本不是江琳。」

「那會是誰？誰會願意作品被這樣襲奪？」羅老師皺眉。

「佩珊！」我驚呼，「她們兩個之間一定有某種很深刻的關係。」

「你的猜測可能是對的，」蜥蜴嚴肅地說：「只是我們沒有足夠的證據證明此事。佩珊死了，江琳可能也會死，她們如果都死了，只是留下一大堆謎題給我們猜……」

「江琳不會死的。」我說。

「為什麼你這麼肯定？」蜥蜴說。

「她刪文的速度很慢，鐵定是看過一篇才刪去一篇。」我說。

蜥蜴聳肩：「這能代表什麼？」

「她也還在想，還捨不得把佩珊在人世間最後的足跡移除。」我說：「她可能坐在海邊，一邊看一邊慢慢刪掉文章……」

「那不就跟我們一樣嗎？」羅老師說：「我們也在回顧佩珊的足跡。」

「這真奇妙。」蜥蜴說：「簡直像是佩珊追思大會。」

「別鬧了，」我白了蜥蜴一眼：「我真的有去參加。」

「人有普通的葬禮，只是單純埋葬他的身體；也有真正的葬禮，是重視他的人去回顧、去念想，而終於放下他的過程。」羅老師說著，將車轉入停車場。

「到了嗎？」我問。

「最有可能的地點就是這裡啦。」羅老師說。

停車場很空曠，只有一兩台車，靠近停車場的地方還有路燈的亮光，靠近海的部分，則是一片漆黑，只能遠遠聽到海浪一陣一陣地拍打著沙灘。

鹹鹹黏黏的海風吹亂了我的頭髮，我脫下鞋襪，拎在手上，沿著海岸線逆風前進，海水打濕我的腳踝。在黑暗中瞥見一對情侶正在擁抱，一些星星在天空中發出清冷的光。

我們三人呈一直線，我走在最前面，蜥蜴次之，殿後的羅老師點起一支菸，我聽見好幾次打火機的喀嚓聲，羅老師才終於點起了火，雖然風很大，還是可以聞到淡淡的菸味。

「她會在哪裡呀？」蜥蜴說。

「就都看看吧，」羅老師說：「先找找附近有沒有穿制服的女孩子吧，你們兩個脫了鞋子，小心別受傷了呀。」

「我不想把鞋子弄濕呀，那樣回程會很難過。」蜥蜴說。

「回程最難過的是我吧，還得開車呢。」羅老師大大伸了個懶腰：「希望能早點找到她。」

「希望囉。」蜥蜴說：「我好冷。」

我看見一個黑影往海裡頭走，便衝了過去。

蜥蜴和羅老師在我後頭大呼小叫地問我要去哪裡。

「制服！那個人穿我們學校的制服！」蜥蜴喊。

我踩著水跑過去，邊跑邊喊：「喂！你想做什麼？」

那個黑影沒有理會我，只是繼續往海裡走。

「別走！」我撲了上去，黑影似乎是沒有料到我會這麼激烈地阻止，黑影和我扭打起來，我被黑影壓到水裡，吃了幾口海水，我用盡力氣把對方往岸邊拽，對方跌跌撞撞地後退了幾步，卻又摔到海水中。蜥蜴也跑了過來，和我一起把人拖到水比較淺的沙灘上。

「搞什麼……你們是誰啊？」她尖叫。是江琳的聲音。

「我是米奇。鄭雅筑。」我說。

「蜥蜴。」蜥蜴說。

「一直在找我的就是你們？」她提高聲調。

「還有警察。」蜥蜴補充。

「為什麼要這樣對我？」江琳恨恨地搥了沙灘一拳，沙灘留下一個凹洞，不久，海浪湧上又退去，沙灘又平坦無痕。

「你有那麼多機會去死，拖到現在，一定有原因吧。」蜥蜴說。

「要你管。」江琳忿忿地說。

「這不是《名偵探柯南》，也沒有兇殺案。」蜥蜴說：「你可以什麼都不說。」

江琳沒有說話，反而哇地一聲哭了起來。

「你們跑太快啦……這就是你同學？」羅老師氣喘吁吁地跑來。

「對。」我回答，一邊在口袋裡摸索著面紙，要給江琳擦眼淚，卻發現口袋裡的東西在剛剛的扭打中全濕了。包括我的手機。

「我的手機好像死了。」我拿出濕淋淋的手機，嘗試開機，一片死寂。我拉住蜥蜴問：「這有得救嗎？」

她很快接過手機看了一眼，又把手機還給我。

「天知道。」她聳肩。

江琳坐在水裡哇哇哭著，像一個小孩。

「沒事了。沒事了。」羅老師對江琳說：「我不知道為什麼像你這麼年輕的孩子要去死，但我想那一定很痛苦吧。」

「你們懂什麼?」江琳抬頭:「我的珊死了!你們只是去告別式假哭,然後回家過尋常的一天,你們還可以吃飯、睡覺,嘻笑著過日子,我才沒有那麼冷血無情!」

「你只是要說這些嗎?」蜥蜴說:「她死了,所以你也要死嗎?」

「你想說什麼?」江琳的語氣聽起來有點生氣,眼看對話越來越火爆,我和羅老師對看一眼,我開口:「你們要不要……」

「我媽媽在我小學的時候就自殺死了。」蜥蜴說。

江琳張大嘴巴,唇無聲地動了一下。

「她沒有辦法忍受化療的痛苦,就用醫院廁所的門把上吊。是坐著上吊的,殯儀館的人說,這需要非常大的毅力,也就是說,她非常堅定要死。」蜥蜴說:「那年我才十歲。後來,大一點之後,我讀《完全自殺手冊》,發現上吊真是一種很棒的死法,只要五分鐘,大腦就會缺氧,陷入昏迷,十五分鐘沒有人把你救下來,就會死。」

我愣愣地看著蜥蜴，她淺色的眼珠反映著不知何時升起的、月亮的光。

「《完全自殺手冊》的作者是一名日本人，自殺過數次，現在網路上還可以找到這本書的翻譯。」蜥蜴接著說：「他為什麼寫這本書，是想告訴大家，生命是很美麗也很值得珍惜的，只是我們可能沒有辦法直接理解這件事，必須要透過死亡才能知道。」

江琳不說話了，海浪一陣一陣拍打過來，我覺得有點冷，打了一個噴嚏。

「走吧。」羅老師柔聲說：「這裡很冷，我們回去吧。」

「我不要。」江琳撇頭。

「為什麼？」我問：「有什麼困難我們都可以一起解決，我是說，這聽起來很像普通的勵志小語，但我是認真這麼想的。」

「這傢伙為了你，翹了一整天的課，拉上一群人來找你喔。」蜥蜴說：「我不是要你非得接受她的好意不可，但在你去死之前，最好還是了解一下，這個世界上有好意的存在。」

「我不知道怎麼繼續我的生活，我是說，她死了，我最重要的人就這樣一聲不響地死去，沒有留下任何一個字給我，我到底對她來說算是什麼？」江琳搥打水面，蜥蜴嘆了一口氣，把她扶起來。

「走吧。不要鬧脾氣了，她不會回來的，你就算死了，可能也不會得到答案。」她轉頭對說：「阿伯，開車吧，我們去吃點熱呼呼的東西，然後再回去。」

羅老師一愣，連忙接著說：「對呀，我們回去吧。」

「我這麼痛苦，你要我若無其事地繼續吃、喝、睡覺，然後安慰我活下來才是紀念她的方法嗎？」江琳甩開蜥蜴的手。

「人必須要若無其事地活下去的，不管面臨多大的傷害，只要活著，就能想到辦法。」蜥蜴說：「我想的話，早就告訴警察你在哪裡了，幹嘛跟你囉唆。」

「我討厭警察。我討厭大人。只會告訴我要忍耐的人，最討厭了。」江琳說：「我不想忍耐，我只想哭，我不想去上學，學校裡每件事情都讓我想到我的珊。」

「我不知道你和佩珊這麼……這麼……」我尋找著比較不冒犯的詞彙，江琳不客氣地說：「我愛她，她也愛我，我不懂這有什麼好遲疑的。」

「也許我比較保守吧，我不知道，至少這件事我不會跟大人說。」我說：「我害怕他們。」

「哪個高中生談了戀愛會喜孜孜回家告訴大人的？」江琳說：「他們只會告訴你，考上大學以後要和誰談都可以。」

「也不是真的都可以，大人喜歡騙人。」我說。

「好冷，我們上車再說好不好？」蜥蜴連聲音都在發抖。

「我不要，我要死在這裡。」江琳說。

「不要鬧了，我們有三個人，隨時可以把你帶回去跟警察說這些。」蜥蜴不耐煩地說，一邊喀啦喀啦折著手指。

我輕聲說：「她沒有惡意，只是……」

「你到底為什麼要這樣把我追回來？佩珊和你沒有什麼交集，我也是，你大可以看著我們去死，事後流幾滴眼淚。」江琳盯著我問。

「可能因為你還沒借我那本小說吧。」我抓抓頭。

「白癡。」江琳捶我一拳。

「死亡對任何人來說，都是嚴重的傷害，我們是同類，怎麼可能看著同伴去死，自己毫無感覺呢？」羅老師說：「走吧，車上有衛生紙，我們沿路看看哪裡有辦法買到浴巾或是換洗的衣服。」

「算了吧，你開快一點就是。」蜥蜴說：「我連內衣都濕了，好想趕快回家洗熱水澡。」

羅老師歪頭想了一想：「真的不用告訴警察，我們找到人了嗎？」

「晚一點吧。」蜥蜴說。

走回停車場的路上，發現原先擁抱的情侶已經不見了。風呼呼吹，我冷得發抖：「附近有沒有便利商店呀？」

「怎麼啦？」羅老師問。

「好想喝熱熱的湯。」我又打了一個噴嚏。

「高速公路上應該有。」羅老師說：「有經過小吃店和便利商店就停下來吧。」

「等一下，我要怎麼回去？」江琳停下來，蜥蜴撞上她。

「搭我的車，我會一個個把你們送到家門口的。」羅老師說。

「不是，我是說……我怎麼回去面對那些人？面對我的生活？」江琳焦躁地說：「我怎麼跟他們交代這一切？你們說得好聽，說什麼要幫我，卻只是把我丟回去一個人面對這個世界！」

「會有辦法的。」我說：「我還不知道怎麼幫你，但如果你願意說，也許，我是說，也許我可以幫上一些忙，雖然不是什麼很重大的幫助，但我希望你知道有人在這裡。」

「我很努力了，可是我還是做不到。我不知道為什麼她一句話不說就去死，只留下一大堆文字……她死了之後，才寄到我家。一整箱，比她之前給我看過的更多。」江琳說：「我是不是一個很失敗的戀人？我什麼都不知道，只是沉浸在愛的幸福感中過日子……我不知道怎麼回去面對這一切，面對那些日記、隨筆和小說，怎麼跟人解釋為什麼我寧可死也不想留下來看這些東西……」

「我們看了一部分，就是你放在個版上那些。」蜥蜴說：「我不太懂這些文學什麼的東西，但看起來她是信任你，才願意把這些東西交給你……裡面有一些很私密的情緒，不是信任的人是不會交付的。」

「我知道。」江琳低下頭，「但我為什麼沒有早點看出她這麼痛苦呢……」

「我們都不是那個真正痛苦的人，不可能知道那是多麼嚴重的傷害，但如果你死了，只是製造出新的傷害而已……」羅老師走到灰色小車旁，插入鑰匙，轉開。

「我們都需要過新的生活，新的人生……」蜥蜴說：「其實只是要想辦法把打死的結解開而已。」

「那是不可能的。」江琳說：「我已經不可能再快樂起來了。」

「不可能也是要活下去。」蜥蜴說。

「那是一種徒勞……」江琳說著，要往回走，我拉住她：「就一次，我們一起試試看，如果不行，你再回來這裡也沒關係。」

「你不懂，並不是無以為繼才死，而是對生命懷有熱望，但知其不可能，才會去死。」蜥蜴說：「她一定是希望你代替她活下去，才把這些東西留給你。」

「我並不想承擔另一個人的生命……我才十七歲，我想要享受我人生最好的時光，不是生活在死亡的陰影下……謝佩珊太自私了……」江琳說到最後，只剩下哭聲。

「都上車吧。」羅老師說：「有什麼事情，我們上車再說。」

我坐上副駕駛座，蜥蜴拉著江琳一起上車，羅老師關上車門，發動引擎，同時打開了暖氣：「這樣有沒有暖一點？」

「呼，好多了。」蜥蜴放鬆地往後一靠：「今天快累死我了。」

「我們真的不用通知警察嗎？」我問。

「我的手機也泡水啦。」蜥蜴說。

「我的手機……咦？我好像沒有帶手機出門？」羅老師摸摸褲子口袋，不好意思地笑了笑。

說。

「看來要去找便利商店啦，這個世界上應該還有公共電話這種東西吧？」蜥蜴

車子離開停車場，駛入濱海公路，車燈在黑夜中切出兩道光。我盯著窗外，海浪一陣一陣地拍打著岸邊，更遠的地方，也有湧起的浪花。

我的衣角還在滴水，座椅全濕了，我扭了扭身體，發現腳邊已經積了一灘水。

「對不起，我們把你的車弄濕了……」我說。

「沒關係的，現在大家都沒事，就好了。」羅老師說：「今天真是漫長的一天。」

漫長的一天。是啊，我想到佩珊寫的那些文章，忽然有個奇怪的問題：「所以，那些文章都是佩珊寫的嗎？」

「準確的講法是，我們一起寫的。」江琳說：「我會有一些點子，但沒辦法很好地轉換成文字，珊就會幫我寫成我喜歡的樣子。」

「所以喜歡那些內向世代作家的人是你嗎？」羅老師問。

「我們都喜歡。」江琳說：「但她希望以後這些東西用我的名字發表，那是送給我的禮物，所以個版是用我的名義申請的……我想她死後，我再也沒辦法寫東西了吧。我本來就不知道怎麼寫東西，只是寫高興的而已。」

「也許你可以嘗試寫寫看？」羅老師說：「有的人覺得創作是一種療癒，我則覺得是一種撕裂又癒合的過程，每次寫作都很像是死過一次，又活回來。」

「聽起來很可怕。」蜥蜴說。

「凝視死亡與空無，或者說，凝視生命就是這樣一件可怕的事情吧。」羅老師說：「但也不用害怕，因為人生在世，總是要去面對這件事的。你們還這麼年輕就要了解、消化這些，我雖然覺得很心疼，但也許比在我的年紀，因為親人的過世，才發現自己的生命全是虛度，要來得好多了。」

「什麼意思啊？」江琳問。

「有一些人——我聽過一個故事是這樣的，有個人為了孩子，努力、奮鬥了一輩子，直到孩子意外過世，才突然發現自己的人生失去重心，他從未為自己活過，不知道失去了孩子之後該如何是好……」

「聽起來是個很常見的控制狂家長的故事。」蜥蜴說。

「是啊，確實是，這樣的人會期望孩子替自己再活一次，而不是自己好好活過自己的生命。」羅老師說。

「佩珊是不是也這樣想呢？」江琳問：「她是不是希望我代替她自由地去活？」

「我想這個世界上不是真的誰能代替誰的問題，」羅老師說：「而是她希望你自由地活吧。」

「那她為什麼不留下來陪我過自由的新生活呢？她為什麼沒考慮過被留下來的人是什麼感受？」江琳問。

「我也常常在想到我媽媽時，想到這個問題。」蜥蜴說：「但我想那時，她應該痛苦到沒有餘裕去考慮其他人了吧。所以才把我跟爸爸留下來。」

「我不知道能怎麼面對這件事，」江琳說：「她給我很多快樂，但更多的是破壞和傷害……」

「也許要等待時間過去吧。」羅老師說：「我年輕時，有非常大一波青年寫作者的自殺潮，有人說是那個凡事向金錢看齊的時代對寫作者並不友善，但我想沒有什麼時代對寫作者是友善的……只能說是一種命運吧，那麼多人都死去了，只有我和幾個同伴活下來，繼續寫作……我並不會說那些死去的人軟弱，就像邱妙津說的：『那樣的荒涼是更需要強悍的。』」

「我想沒有人希望自己的死被視為是誰的責任，」我說：「既然她做了這個決定，她的死也已是事實，我們就只能接受。」

「我是不相信靈魂和死後世界的人，我認為死後一切都歸於虛無。」蜥蜴說：「因為你在她死後過得好或不好，其實對死者來說是沒有任何意義的，她不會知道，也感覺不到。你只能為了你自己活下去。」

蜥蜴打了一個噴嚏，繼續說：「如果你覺得很難過，那麼偶爾幻想佩珊會在星空上的某顆星球上往地球看，也是一件很快樂的事情……我很喜歡媽媽讀《小王子》給我聽，小王子被毒蛇咬了之後說：『身體太重了……我不能帶走……』飛行員會想像他回到了星空中的某一顆星星，為他的玫瑰澆水……」

江琳說：「我再想想看吧。謝謝你們。」

那是那天我聽到江琳說的最後一句話，接下來一路車程，羅老師開得飛快，每個人都懷著各自的心事，好半天沒有說話。

我們在淡金路的超商停車，招牌的光在濃夜中亮得刺眼，羅老師借了電話，和警察通報，警方要我們在原地稍待，會有人帶我們去做筆錄。

羅老師點菸，徐徐吸了一口，吐出好多白煙。我們端著關東煮的熱湯緩緩吃著，蜥蜴一直喊燙，卻又迫不及待地喝了一大口湯。

警車很快就來了，來了兩三輛，下車的是黃警官和一些不認識的警察，他板著臉，裝作不認識我們的模樣，告訴我們接下來可能的處置。

江琳做完筆錄後，會被轉介給心理諮商師和社工，我和蜥蜴做完筆錄後就可以回家，只是洪教官發現我們蹺課，可能會被記上一筆。

羅老師聽到這個消息，有點緊張：「這怎麼可以，這兩個孩子是想要搭救她們的朋友呀，我願意用人格擔保，請教官不要處罰她們。」

黃警官卻說：「這個交給我就好了。大家都累了，趕快回局裡交代案情，早點回去休息吧。」

我和蜥蜴搭黃警官的車，江琳被兩位女警帶上另一台警車，羅老師開車跟在後頭。

車門一關上，黃警官問我們：「還好嗎？」

「很冷。」蜥蜴說。

「手機壞了。」我說。

「那聽起來還可以嘛。」黃警官說。

蜥蜴打了一個噴嚏，接著換我。黃警官打開暖氣的開關。

「我很高興你們做到了。」黃警官說：「我以你們為傲。」

「那我們蹺課的事情要怎麼辦？」我問：「我不是要逃避懲罰，我是說，我們確實蹺課了，也沒有關係，要記大過什麼的也沒關係……」

蜥蜴插嘴道：「我有大學念了，我沒關係，這傢伙還要申請學校，可以……」

「洪教官我很熟了，我去和他談談看。之後局裡會發表揚狀給學校，應該會再記一支小功吧。」黃警官說。

「呼，還好。」我鬆了一口氣。

「這個人生也許還是值得活的吧。」黃警官說：「我會再想想看，孩子的事。」

「人生不值得活嗎？」蜥蜴問。

「這是一個詩人的詩句，他反覆在詩中說：『人生不值得活的。』但他還是活過了對你們來說很長的一段時光，並且很久沒有寫詩了。我每次想到這首詩，都想去問詩人到底值不值得。」黃警官平穩地開著車。

「江琳會怎麼樣呀？」我問。

「筆錄做完以後就會讓她回家，她家人都很擔心。」黃警官說：「不要緊的，也許過幾天，讓她好好靜一靜，休息一下，她就會回學校上課了。」

黃警官頓了一下，又繼續說：「很晚了，你們的家人不會擔心嗎？」

蜥蜴看了看車上的時鐘：「這個時間我爸爸應該還在加班。」

「你呢？」黃警官問。

「理論上，如果我媽還沒發現我不見了，我應該是在補習，還沒到家。」我說。

「現在高中生這麼競爭啊？」黃警官說。

「可能因為我沒什麼競爭力才需要這樣吧。」我說。

「也不是這樣說吧，你今天就做了很棒的事啊。」黃警官說：「這可能是句聽到爛的老話了，但我還是要說：成績不是一切。」

「這真的是好事嗎？」我問：「我感覺這個世界確實有很多很多痛苦。」

「是呀，是好事。」黃警官說：「不是唬你，我覺得人活在世上就會有希望，雖然希望是個看得見卻摸不著的東西，所以格外地玄，不過我確實是這樣想的。」

「啊，我的書包還放在學校。」我突然想起這事。

「我載你們到學校吧。現在門應該還沒關，就算關了，你們也會翻牆嘛。」黃警官哈哈笑了兩聲，流暢地打方向燈，抓住綠燈的尾巴轉彎，一氣呵成。

「筆錄呢？」蜥蜴問。

「做完筆錄再送你們去學校啊。」黃警官說：「沒做完可不能放人。」

「好吧。」蜥蜴說：「我想要睡一下。」

「我也想。」我說。

「你們睡吧，到了我再叫你們起來。」黃警官說：「折騰一天，很累了吧？」

「嗯。」蜥蜴說著，靠著窗閉上眼睛。

我看著窗外，月光清朗明亮，高掛天空，旁邊伴著幾顆不明顯的星星，警車沒有鳴笛，穩穩行過整個台北，載著我們回到警察局。

蜥蜴下車，長長地伸了個懶腰，拍拍我的肩膀：「不要忘記我們的約定呀。」

「什麼約定？」我一愣。

「吃飯呀，要跟我一起吃飯。」蜥蜴白我一眼。

「好呀，」我說：「如果江琳有來學校，我們找她一起可以嗎？」

「我又沒說不可以。」蜥蜴有點彆扭地說。

「那就是可以啦。」黃警官說：「你們呀，要好好相處喔。長大以後就很難有這種朋友了。」

「會啦會啦。」蜥蜴擺了擺手：「大人真無聊。」

做筆錄的過程很簡短，只是確認了我們做了哪些事，去過什麼地方，黃警官載我們到學校門口，跟我們道別。我們目送警車逐漸遠離，看著彼此。

「拿書包之後我就回去了。」蜥蜴說。

「謝謝你願意陪我走這一趟。」我說。

「小事而已。」她說完，走進大門，對我揮了揮手：「明天見。」

「十二點新北樓喔！」我說。

「好啦！」她遠遠地說。

我走進校園，路燈亮著，可以想見籃球場可能還有人在打球，操場也還有人在跑步。我回到座位收拾書包，看見佩珊的空位上，不知是誰放了一朵白色的桔梗花。

我忽然想，不知道江琳以後還會不會這麼做，那個時候會有人把她拖回這個世間嗎？

佩珊的抽屜空空的，裡面有一個筆記本，前幾天還沒有的，我忍不住把筆記本抽出來，裡面密密麻麻地寫滿了字，我瞄了一眼，不是江琳的彷彿鋼筆習字帖的字跡，比較像是佩珊又小又工整的螞蟻字。

佩珊留下這個？是江琳放進抽屜裡的嗎？那她（們）想說什麼呢？

作文題目：說故事的人

1

我的父親

幼時我總以為，父親會從世界各地回來，帶回每個角落的消息，帶回各種詭奇的紀念品，不同航空公司的花生米、飛機上的塑膠餐具組（父親用什麼吃飯？）、蝴蝶翅膀拼成的圖畫——長頸鹿、大象、犀牛、半瞎老太婆人生最後一幅刺繡……父親用最誇張的表情說，「她跟我討價還價，說要加五塊美金，說她從十四五歲刺到現在，再也刺不出這麼大的東西了，」他在家人面前抖開那幅比她還高的刺繡，父親高舉雙手，幾何花紋攀在深藍粗布上，像盯著萬花筒，父親一動，所有閃亮的星辰也隨之變位，「一針一針手工繡的，絲毫不假，」父親越說越起勁，像遊戲中四處雲遊的旅行商人，行囊裝滿可疑物品，開口就是抬價，「他們村子裡的人都是這樣，從小開始學，一直刺到看不見為止……」

眾人嘖嘖點評、讚嘆，稱讚父親這買賣值得，彷彿他們都是越南鄉村老婦一生的見證人，在他們的肯定和讚美之下，老婦的一生也有個完滿的句點，從此不必擔憂餘生的風雨，因為故事結束時，她已被認可為一個毫無關係之人了，只有這幅畫會被裱框，掛在客廳正中，每個客人進屋都會驚嘆的位置。那時，父親就可以將珍藏的故事，和其他戰利品，通通翻出來細數一番。

父親是我第一個認識的，說故事的人。早在我認識圖畫書和偵探小說以前，就認識父親，父親總是戴著一頂帆布的寬邊帽，胸口掛著相機，像賞鳥協會的攝影愛好者，但他看著地面的時間，永遠比天空多。有時他會突然蹲下來，指節輕敲博物館光潔的地板，輕聲對年幼的我說，「粉紅色，上面有花，這是什麼？」

「花崗岩！」我興奮地大叫，其他遊客回頭，好奇地看著這對父女。

「答對了，你看，」父親領我再看地板，他把我的頭往左轉一些，再往右轉回原處，我看見黑色花紋鍍上流轉的金邊，「這是什麼？」我問。
「雲母，漂亮嗎？」我點頭，父親接著說，「這是寶石的一種，硬度只有……」
「為什麼沒有人把它挖起來？」
「這太少了，少到放在你舌頭上，它就會融化。」
「真的會融化？」我伸出舌頭要舔，父親站起來，拽著我的手往外走，「唉，笨死了。」
父親總是一一為我指出每件事物的名字，卻甚少說明意義。地震來時，一家人坐在客廳沙發上，母親嚇得朝我這擠過來，只有父親冷靜地拍拍身旁兩個隨時準備開門奔逃的女人，「注意，現在左右搖，這是P波，然後是上下搖的是S波，喔，R波來了……地震不大，震央在宜蘭，我賭一根冰棒。」
氣象局緊急插播：宜蘭外海淺層地震，震度四級，台北兩級，基隆三級，高雄……父親若無其事地走向冰箱，拿了一根冰棒，「很簡單的，一點也不難。」
我有時會想像，二十年前，我還未出生時，那場撼動全島的地震發生在凌晨，父親是否也會在那時醒來，在惶惶驚醒的母親耳邊輕聲叨念，這是S波，這是P波……小島中央，一個逆斷層下方鎮壓的地牛蠢動起來，等到這漫長的一百零二秒過去，天一亮，也是父親這樣的人要出門，戴著寬邊帽，拎著相機，拿著地質槌四處敲探的時刻。

2

「蕭雅文，你父親是地質學家？」國文老師攏一攏披散在背的長髮，頭也沒回地批改著她的作文。

蕭雅文搖頭：「不是。」

「這樣啊。」國文老師揉了揉眼睛。

蕭雅文等著挨罵。

她一向最討厭這個題目。要說她不記得，她偏偏又記得一些，都是很小的事。

她沒機會問父母到底是怎麼走上這步境地的，於是她虛構一些不存在的事，每次寫這個題目都會發展不同的版本。

「老師幫你投稿到報紙上，好不好？」國文老師停下筆，旋轉辦公椅，渴望地看著她。

「老師，這不是真的。」蕭雅文說。

「不是真的，又有什麼關係？」國文老師眨了眨長長的睫毛，不知為何，眼前這個有她兩倍年紀的女人，總像個小女孩似的嬌憨。

「我不知道。」蕭雅文說。

「對嘛。」國文老師眨眨眼睛：「沒有什麼關係的。」

國文老師打開抽屜，拿出餅乾，遞給她：「你要不要想個筆名？」

「不要。」蕭雅文接過餅乾：「我喜歡我的名字。」

過了兩個星期，報紙上刊出蕭雅文的文章，國文老師喜孜孜地拿剪報給她看，蕭雅文想伸手拿，國文老師把剪報收回去：「這個是我的，影印的給你。如果你以後變成大作家，不要忘記老師噢。」

蕭雅文苦笑：「我才不會當作家。」

「那你要當地質學家嗎？」國文老師問。

「考慮看看。」蕭雅文回答。

「下次來寫『我的母親』吧。」國文老師輕快地說。

作文紙發下來的時候，國文老師在黑板上寫下題目：「家族史通序」，她徐緩地說：「上過〈台灣通史序〉，應該可以寫一點關於自己家族的事情吧，這個題目是要大家回去採訪家族中的長輩，從祖先開始寫起。」

蕭雅文舉手：「假的可以嗎？」

有些同學鼓譟了起來：「我可以亂寫嗎？」

國文老師眨眨眼：「假的也得有真實事件作為基礎呀。」

更多同學交頭接耳地討論了起來，國文老師敲敲黑板，「就這樣，下星期交，謝謝各位同學。」

3

蕭家通史序

我是由一個迷惘的先祖生出來的子孫，所以我也一樣迷惘。

這位先祖去過日本，去過滿洲，卻不知道自己該落腳何處，於是又回到了台灣，這片他又愛又恨的土地。愛的是台灣的豐饒與富庶，恨的是這裡的人愛嚼舌根，把他的姻緣放進嘴裡嚼了又嚼，最後吐出一片渣滓，他們是同姓，所以不能結婚。他不管，硬是在鄉里間成婚，於是被放逐到鄉里的最邊緣。當他的妻在龍眼樹下回眸望著他時，那一刻，他就墜入了愛河，即使日本政府將他徵調到遙遠的南洋，也不能讓他的心離開愛妻半分。

這樣固執的男人從南洋煉獄般的戰場，爬回台灣被轟炸過後的貧瘠的土地，與妻重逢，並產下一子，愛妻難產而死，而誕下男孩就是我的父親，我的父親從小被祖父嚴厲地管教，感覺生活毫無意義，於是成為了一個浪蕩子，從家裡湊還不夠，他甚至借錢買下自己的第一部車，然後和好友一起飆車，享受速度帶來的快感，有的時候，這甚至比性慾的發洩更令人著迷。

他和好友一起，在一條山路上競速，他們都沒有喝酒，但速度越來越快，風越來越大，快感就越來越強。他們狂喜地吼著，喊著對方的名字，要對方更快一點，直到他親眼看見好友撞上另一輛車。

好友當場就死了，變成一團肉泥。連腦殼都壓爛了。

他事後和自己的子女說這件事時，他說他那時就頓悟了，人要走在正確的軌道上，於是他回到家，和父親和好，踏實地還錢、工作、結婚、生子。但我總懷疑，他領悟的也許是世界上沒有什麼真正重要的事情，有的只有痛苦而已，於是其他所有事情都不重要了，包括另一個女人的生命。只要行走在正確的軌道上，也許人生的迷惘和痛苦就會少一點。

他還是一樣痛苦，一樣迷惑，於是最後帶著妻子和兩個孩子，結束了自己和家人的生命。

而我不知道我為什麼會在這些災禍和迷惘中活下來，最後成為蕭家的最後一個子孫。每當祭拜著蕭家的列祖列宗時，我總覺得我在拜祭一些大得無邊的迷惑與痛苦，也許只有我的祖父知道自己在尋找什麼，也許就是自由。

我不知道什麼可以帶來自由，於是我嘗試把這些事情寫下來。

4

「你真的不打算當作家嗎？」當她迷惑的時候，國文老師的話就會浮現在腦海中，她很感謝國文老師，讓她知道自己是被需要的，是有價值的，但她不打算留下任何有意義的話，她不配。她從衣櫃中找出一件白色洋裝，想到另外一篇作文，要同學寫母親，但又不能直接寫「我的母親如何如何」，國文老師喜歡挑戰大家，她也樂於接受挑戰。

她寫了母親年輕時的事情，但她現在轉念一想，那多像現在的她。年輕、獨居、未婚，國文老師在她這個年紀，恐怕已經生第一個小孩了吧，想到她就覺得有點害怕。

自己到底會不會一直逸出所謂「安穩」的軌道呢？所有的生活都是謊言，她開口也只是吐出一樣的謊，她也不知道能不能再走回一個有光的地方？

有光的地方，多像是死亡體驗的隱喻。

雖然，她覺得自己從父母親死後，已經離那個地方很遠、很遠了。她只是在漫無邊際的黑暗中行走，尋找一個有光的出口。

5

母親的肖像

如果時間許可，清晨六點她就會出現在市立泳池。通常是小夜結束，回家洗澡，睡四小時，騎車過去游完泳再回去睡。這是她人生唯一稱得上健康的事。收攤前的鹹水雞，過鹽水的蔬菜和雞肉拌在一起，麻油鹹香，這樣解決一餐，安慰自己有吃到蔬菜。

反覆沖洗和淋浴是她最熟悉的事，不是潔癖，看過教科書的解釋後，不用酒精棉片擦擦面前的桌子，會起一身雞皮疙瘩。

從醫院趕去聚會前也得淋浴，至少換衣服，很快她朋友也少了，其他人朝九晚五，或朝九晚十，下班總可以找地方聚聚。只有個做設計的蘇活族朋友在大夜後陪她吃早午餐，不，晚餐。

她選了個不需要朋友的運動，但老人們卻都呼朋引伴來。有時太晚離開泳池，更衣室前就大排長龍，人人趕著在八點前離開，八點到十點是博愛時段，持敬老愛心卡者免費。幾個人在她後頭聊起來，「都不動肌肉會萎縮，我看過他一次，手像雞爪一樣。」

「我們也是，不動的話都萎縮了。」她回頭看，幾個老太太已經脫下泳衣，露出鬆垮的乳房，她們比出游泳姿勢，笑成一團。也有胸部彷彿少女的老人，雪峰如富士山頂櫻花滿開。這裡的人們和病房裡一樣，他們排隊，等待進入無生無死的病房，兩小時翻身一次，甦醒球、安瓿、鼻胃管、呼吸器，老是有機器嗶嗶叫。

來實習的學妹總會被安瓿弄傷，她也會，只是狡猾地用不鏽鋼刮勺剁開，真找不到才用手抓住棕色玻璃罐的「乳頭」，用力掰開。通常當場血流如注，注射之前先找人幫忙包紮，學姊幫她消毒、上藥：「很快你就學會了。」

她會先游一千公尺，去水療池泡一下，再進蒸氣室和烤箱。她看過一個雙腳萎縮的老人蛙泳，也許是復健吧？她很快地游過老人身邊，換個水道，她游完一百公尺，老人幾乎停在原處，她張開雙臂，划水，徒勞無功地踢腳。一個小孩繞過老人身邊。

水療池裡只有老人，互相寒暄，為了世貿中心在松智路還是松壽路上爭執半小時，手機一開，滑兩下就知道答案的世界好像不存在。大片落地窗，比泳池稍高的水溫，藍色馬賽克磁磚，幾個座位，按下按鈕就噴出水柱，也有噴出強力水柱的水管，一群人或歪肩或彎腰，在水柱下尋找痠痛的那一點。

她找了個空位，坐下，按鈕是連動的，儘管貼著「水療設備一人僅限使用一次」的告示，隔壁座位總會在水柱停止時飛快按下去。她舒展肩膀，移動腳心，水柱沖擊大腿小腿，等到按摩腰部那邊有空位時，就過去吧。

等她趴臥躺椅，淹沒在水聲和泡泡之中，突然想起附近的拉布拉多，肥胖、擁腫、膝關節壞死的老狗，穿著矯正用鐵衣，吃力又憨傻地一步步走。牠的主人是一個中年發福的男子，不管多熱都穿白襯衫打領帶，他拴好狗，在早餐店和老闆聊天。那時她大夜結束，外頭一片明亮，九點了，男子牽狗回家，在牠耳邊勉勵牠往前走，快到家了。

她聽過一個故事，加拿大一個狗主人每天帶脊椎病變的狗到湖裡泡水，這樣狗的疼痛就會舒緩一些。眼角餘光瞄到一個老人，拄著拐杖進池，連潑水嬉鬧的小孩都讓路，老人緩緩走過她身旁，找了一個位子坐下。

小套房，她一人獨居，學姊想要搬家，問她租處多大，她想了會，突然發覺她的家和病房一樣大，夠放二十幾張床，避開四、十四、二十四號，八九個學姊和她在床間穿梭，兩人一組翻身、注射，她的肩膀就是這樣拉到的。怕吵，一直找不到合適的室友，她寧可自己住，缺點是搆不著痛處，勉強搆到，也貼不平整。自從開始工作就和藥布為伍，她總是央求朋友到家裡玩，順便幫她貼藥布。

她會在泳池中仔細看老人的臉，也許過幾天他們會出現在病房內，如同她阿公。阿公是她第一個病患，那時她才剛考上大學，阿公在暑假時中風倒下，其他人上班，她去病房當看護。因為幫阿公翻身和擦澡拉傷肩膀，很快她就學會最省力的訣竅，儘管大學又學了另一套，至少當時快速、方便、有效。

某天早晨，她起床幫阿公換尿布，阿公已停止呼吸。CPR無效，打電話叫救護車。辦喪事時，她有點慶幸阿公在暑假結束前過世。阿公沒有對她哄騙勸誘自己張開嘴有什麼反應，眼睛看著另一個時空。如果拖過暑假，她到外地念書，會像八號床的病人一樣，八十七歲，肺炎併發其他感染，昏迷指數七，家屬拒絕簽署放棄急救同意書，她和學姊們隨時待命，壓甦醒球二十下，回去又拉傷了。還好沒有CPR，若肋骨斷掉幾根，病人也撐不下去。

八號床是學姊的病人，手腳浮腫，找不到血管，只能把針打在腳背上，打針的地方流膿、潰爛，儘管學姊細心上藥，還是阻止不了潰爛的範圍擴大，這個人已經沒有力氣復原了。她有時會想，那些病人到底在想什麼，是不是痛苦地做夢，在深不見底的記憶中浮沉，如阿公總用日文呢喃些沒有意義的單詞，她和學姊一樣，簽署器捐贈官同意書，如果父母陷入昏迷，她會毫不猶豫地同意放棄急救。

她離開泳池，洗澡、更衣、擦乾頭髮，手機在置物櫃裡響，她接起來，學姊說，家屬看到傷口，知道好不了，把八號床的病人接回家了。

6

蕭雅文在一次搬家時，把這些作文整理好，寄給國文老師。她附了一張便箋：

「如果老師不要的話，請拿去資源回收。」

她沒有回去看過國文老師，她不需要。她知道國文老師會在那裡，繼續鼓勵同學們，認真讀書會找到有光的出口；找上一些特別的孩子，問他們要不要當作家。她知道自己應該安靜，避免被這個世界再剝奪什麼，她很低調，不告訴誰她曾經有一個作家的夢。

是的，是夢，她知道自己不可能做好這些事情。她知道把喜愛的事情作為職業太困難，也太多阻礙。她保護自己的方式，就是什麼都不做。

這樣她就可以繼續保有這個夢。

讀完後，我把筆記本收起來，放回原處，不知道江琳現在是不是還懷著同樣的念頭，想要尋死。

死是一種需要找尋的東西嗎？我也不太確定，關於江琳和佩珊，還有很多我不知道的事，我想弄清楚。雖然我不知道該怎麼弄清楚，但也許過一陣子會有辦法吧。

我背上書包，離開學校。

要等到很久以後，我才知道我並不會只一次面對有人要尋死的處境，好像離開高中後，從來沒有這麼不安又焦慮過。

一個不是很熟的朋友幾天前在臉書上放了一張照片，是酒和很多很多的藥，再來是實況轉播：我吞了五顆……七顆……十顆……十五顆……我和另一個朋友說，雖然我知道會有人幫助她，但我真的害怕，要是沒有人幫助她怎麼辦，再一下下，只要再一分鐘沒有人報警，我就要撥電話了，雖然我很害怕，雖然我並不知道為什麼這種事情帶給我的傷害好像總是比預備去死的人大。

我對那個朋友說：「我到現在都不知道是不是幫助了這些人，我想你可能是對的，以後有人有這種念頭，真的都不要再攔了。」

萬幸最後是有人幫助了她，帶她去醫院。我老是覺得，我其實只是為了避免感到罪咎而伸出我的手，儘管這是一隻偽善自私的手。

大學同學的家教學生自殺死了，我一直無法描述這件事帶給我的震撼，可能因為這個少年也和佩珊一樣，默默地一個人到樹林上吊。

春天對我來說是很幽暗的季節。不單因為一些對我有意義的事在這個季節毀壞、失落，可能也因為這些我想不透的事情一再回來纏攪著我，我始終不明白生的意義，而我活著可能只是因為我遇到了一些人，再來都是因為不能讓這些人傷心，所以盡力去做而已。

我還不知道怎麼和人分享我這個痛苦的決定，雖然只是一瞬間的事情，但這件事困擾我直到現在，我醒著的時候，總是在思考這一切有什麼意義。

上次朋友自殺的時候我報了警，知道對方沒事以後，我在警車上哭了起來。我說這是不是很沒有意義，也許她覺得死掉比較快樂，我卻要把她拉回痛苦的世間。

警察說：「不會的，不會的，這是好事情唷，你做得很好，不要擔心。」

做一個簡短的後日談，也許有些人在意這些事情，蜥蜴跟我一起吃了一年多的飯，去念了她喜歡的科系，據說在參加比賽的方面很活躍。畢業以後，我們偶爾還是會一起吃飯，她最近迷上了無人機攝影，跟我絮絮叨叨地分享風洞測試和氣壓計種種，我完全聽不懂，只能邊吃邊點頭。

我們大學二年級那年，重考兩次的江琳臥軌自殺了。沒有任何人邀請我們去她的告別式。老實說，我也不想去。蜥蜴也是。

我和蜥蜴偶爾會去幫羅老師修電腦，蜥蜴努力想幫羅老師把所有檔案備份到雲端，免得一當機就不見。每次看到羅老師，都覺得他老了一點，胖了一點。

跋

幾種動物的死

某一天她醒來，發現整條路靜悄悄的。她爬起來，離開房間，走進公寓的陽台，探頭往外看。

一車一車的貨櫃緩慢行過外頭那條大馬路，天橋、陽台上站滿圍觀的人群，大象驚慌的眼神和她對上，揚起象鼻彷彿想刺穿天空。大象很快就被載走了，長頸鹿一臉悠閒地轉著脖子，彷彿自己是一盞紅綠燈。

她會興奮地四處張望嗎？還是就站在陽台抽整天的菸？無法確知她的反應。我嘗試復原她的樣子。

我在小吃店呼嚕吃麵，看著新聞從動物園管理，回顧幾年前的河馬脫逃事件，記得那似乎有經過她家附近。我猜想她曾經看過這些動物搬家的樣子，也許甚至看過從鐵籠中出逃的河馬。

而她離開也只是一年前的事情而已。她的臉、她的聲音，對我來說卻已經模糊。

我和她一起去過一次動物園，這是我們相處最長的一段時光，更多的時候，只是網路上的一條兩條消息，我回覆她，她回覆我，但都是公開的，我們私下很少彼此單獨交談。畢竟是一年只見一次的網友。

像是某種互助會，我和她同屬一個網路上的寫作社群，而其中病痛幾乎是每個人的標準配備。分享分為兩種：給讀者粉絲的公開言說——我稱之為「近況報告」，大多是寫作規劃和好笑得不得不分享的小事。還有只發給朋友看的生活瑣細——諮商時說了什麼，看醫生得到什麼藥，安眠藥似乎效力太弱了總是在半夜醒來……寫作，或者說，像個職業寫作者那樣去書寫一些另一個世界發生的事物和角色，一般稱為「二次創作」（也就是同人創作），揣摩原作者的心思，就像她寫的：感覺心不在自己身上，就安心了。

她常常躺在狹窄房間的床上，面對白色的牆，一動也不動地看著那好一陣子，只有上廁所的時候才會爬起來。餓的時候，啃乾的泡麵，直到嚼累了為止。她躺在床上，感覺鴿籠般的房間是自己的延伸，感覺房間之外的整層破公寓，感覺破公寓之外，車流隆隆彷彿一條憤怒的河。她把自己安放到那河裡，心被沖到很遠的地方。

而我和其他人則被她困住了，困坐暗室，直到看見惘惘的天光，徹夜思考自己做錯了什麼，是什麼讓她頭也不回地走開。

我和社群裡的朋友們一起去參加她的追思會，戲稱這是一場專為她而舉辦的同人聚會，約好不要哭，誰哭了請大家喝飲料。天氣很好，我在公車上搖搖晃晃，恍惚間還以為自己正在趕赴一場春遊。

我們在會場外集合，其實我對其他人的面孔也很陌生，經過簡短介紹，才確認彼此如何連結到網路上的暱稱。

我們又開了一會玩笑，夢夢遠遠看到她的本名，給我們指出，那就是會場了。

暴龍和家屬比較熟悉，才在會場門口簽名，就被一個戴墨鏡的婦人緊緊擁抱：「謝謝你們。她有你們這些朋友真的很棒。」

真的很棒。我也被挨個擁抱，發現婦人一邊擁抱一邊啜泣，我的肩膀沾上了婦人的眼淚。我想起她跟我講過的，那些母親對她無理的要求和謾罵，甚至拿刀作勢砍她的夜晚，只能輕拍婦人的肩，不動聲色地往後退開。

她如果看到這些鮮花，這些白布幔，那隻從她床頭珍而重之移到靈堂上的布偶，不知道會說什麼？

恐怕只會脫力地大笑三聲，連想把靈堂砸爛都沒有力氣。

我輕聲問旁邊的露月，那隻布偶是怎麼揀選出來的。露月答道，那是他們和家屬去看她的房間時，這看起來是她最珍愛的寶物。從事過殯葬業的暴龍湊過來和我們講悄悄話：「這個排場至少要三十萬吶。」

我們不約而同地長嘆一聲。幸好人不能參加自己的葬禮，我想像她氣得掀翻椅子，拆去自己的照片的景象，面對即將開始的追思會，這樣我會比較好過。

照片去背技術拙劣，她的身影旁圍繞著一圈鋸齒狀的背景，照片的底色是她最痛恨的螢光粉紅。我差點在靈堂笑出來。這照片突出了她的暴牙和雀斑，頭髮也沒有整理好，只是一張失敗的自拍。播放追思影片時，我周圍的朋友都在憋笑，那是她高中在吉他社自彈自唱的影片，還重複播放了兩次，我們用手機在群組即時分享自己的心得，不外乎「好尷尬喔」、「太尷尬了」。

「她要是知道我們看到這些東西一定恨不得殺人滅口。」沒想過這樣華美的排場也是一種不堪，我們想到她生前的拮据與儉省，就都不說話了。追思影片很長，大多是重複的照片，一些家人寫給她的話，甚至放上了她幾本同人誌的封面、同人活動使用的名片：「還好沒有內容，不然她一定會爬起來。」坐在我身旁的露月說。

我默默點頭，畢竟有些東西就算放在網路上，也不會希望家人看到。很明顯她死後，所有資料都被翻個遍了。

她若知道，還會這樣做嗎？又或者正是因為她洞悉了一切，才連隻字片語也沒有留下？

我打開社群網站，看到她的帳號前幾天還發了訊息，我發給她的訊息，她也只匆匆回以一個笑臉。那是半個月前的事，分別後，我告訴她，我在夜晚平安到家。

那天我們去逛了動物園，她呼嚕嚕吸著奶茶，一面抱怨好熱，在遊園車上左右張望，拉著我看紅鶴。過了不久，又如少女般跑著去看河馬。在紀念品店試戴獅子頭套，看著彼此哈哈大笑。離開動物園後，去一家連鎖日式料理吃晚餐，邊吃邊抱怨連鎖餐廳就是難吃，後來去了咖啡廳喝飲料，她跟我說了一些關於金錢方面的煩惱，家人對她的不諒解，我答應她若有外包的校對案件會再通知她，她卻在此時低聲說起其實她的家庭可以負擔一年數次的出國旅遊，但不願意每個月給她一兩千塊，讓她至少在讀書時過得輕鬆一點。

更糟的是，母親用她的名義貸款買了房子，要她在畢業後開始付貸款。

她攪拌著奶精和淡如水的咖啡：「我連學貸都付不完了……」

「為什麼他們讓你揹學貸？又不是出不起。」「我要是知道就好了。」她說：「如果我可以像我媽一樣，遇到什麼事情都用前世欠債，要花錢消災來解釋就好了。但我也沒有錢可以花。」

她的老師手持麥克風，在台上代表整個系所來說一些緬懷的話，大抵是她有強大學術潛力和創作熱情，英年早逝，殊為可惜，若是她能……講到這裡就收了聲：「想不到我最後一次看見她，竟然是在醫院的急診室，她真的是一個很好的學生，我還記得她在課堂上總是勇於發表意見……」老師在哭，旁邊穿白襯衫的工作人員立刻遞上衛生紙，我也不自覺流下淚來，群組馬上跳出一行字：「現在累計飲料數：三杯。」

每個人都會為年輕鮮妍的死感到惋惜，更多的是不理解，縱使理解了，也還是遺憾。我無從分辨自己理解與否，只記得她在動物園和我說過，這整座動物園的動物，大抵上都跟我們一樣是患者。

許多動物由於人為因素產生一些異常行為。北極熊因為出現不正常的皮膚過敏或癢覺，而使牠過度舔咬身體的某部分，而造成嚴重脫毛，甚至連尾巴都被咬掉部分。

有些動物會發展出一些過度的運動方式，如長頸鹿會將自己的頸子彎曲成吸管狀，去摩擦自己的背脊。獼猴出現異常攻擊症狀，見人即呈攻擊姿態。大猩猩把消化一半的食物吐出後再吞入反芻，或者互相丟糞，甚至吞食自己的排泄物。

獅子一到餵食的時間就開始在附近走動，牠們雖然把人類當成敵人，在展示場又無法避開遊客，因此會在遠離遊客的牆來回走動。不但不斷地在原地繞八字形，有些獅子甚至會重複跳躍重踏猛撲直到膝蓋變形。

大象的異常行為包括：自慰、在原地不停的搖擺身體、搖晃頭部。或是以飼料引誘鴨子靠近，然後用腳掌把牠踩到土中。

為避免引起遊客的不愉快，因此讓動物和人類一樣，服用安眠藥及百憂解。

說完這些，她興沖沖地領著我去看長頸鹿，發現牠們只是在懶洋洋地反芻，便失望地離開了。

「可能牠們的藥比較有效吧。」她說：「我真想吃大象吃的安眠藥。」

她死後，我少有可以安睡的時刻，思及棺材中彷彿睡著了的她，我就會睜開眼睛，也許不該繞到擺滿花朵的靈堂後頭，見她最後一面。我在棺材中放下一朵白玫瑰，她看起來氣色好極了，甚至比生前更好，如同隨時會爬起來，環顧四周，問旁人：「發生了什麼事？你們為什麼全在這？」

從靈堂出來，我又哭了，暴龍不忘調侃我：「現在醜二，兩杯飲料。」

儀式還沒結束，我們回到靈堂，她的棺木已經蓋上，準備運往火葬場，依照習俗，她的父親這時必須拿木杖敲打她的棺木，以示對不肖女的責備，我看見她的父親輕輕碰了一碰棺木，放下木杖，掩住臉哭了起來。我趕快擦去眼角的眼淚，免得累加更多飲料。

她的棺木和家人都離開以後，我們站在原地，不知道要不要解散。

「飲料怎麼辦？」我伸手去掏錢包。

「白癡喔。」夢夢敲了我的頭：「下次啦。」

「有沒有人要一起去吃飯的？」露月說，我搖搖頭，覺得胃裡脹脹的，什麼也吃不下。

我和大家道別，慢慢散步去捷運站。

回家路上，在新粉刷好的電線桿，看到一隻紅色蝴蝶黏在黃漆上。

蝴蝶動了動翅膀，飛不起來。

幾個小時後，再度經過，蝴蝶已經不動了。

幾天以後，經過時仔細看了看電線桿，蝴蝶蜷曲、萎縮，身上的紅斑褪去，變成一個黑色小點。

葬禮結束，群組安靜了好幾天，誰都不想再提。就算提到了，也是嘻嘻哈哈帶過去。最後我們誰也沒請大家喝飲料。我穿了一週的黑衣，下一週默默換回原樣，誰也不知道我在哀悼，還有哀悼什麼。天氣越來越熱，我站在飲料店櫃台前時，都有種欠她飲料的心虛感。如果她回來，我願意請她吃燒肉吃到飽。喝啤酒。一壺香料奶茶。再吃一塊櫻桃起司派。像攜帶一個迷你的她隨處走動，我很容易想起她。有時甚至納悶，我見到她的最後一面，她看起來是如此美好、完整，他們把她的那些傷口和血跡藏到哪裡去了？還是，為了活人，非得把她的傷痕用鮮花遮掩好才行？

有些陰暗的角落特別容易勾起這種思緒，我也不是不能理解那是怎麼一回事，卻還是會在街上不自覺尋找和她特徵相似的女孩。或者想，學校提早頒發給她的畢業證書，是不是指她從我們的生命中畢業了？

她原屬的寫作小社群也一如往常，和她比較親近的朋友，知道她最討厭故作感傷的悼念文，所以什麼也沒發，倒是一些粉絲紛紛到她的文章留言，說好想她。我知會讀者，今年和她合作的刊物計畫無限期擱置，但我的個人刊物在我能力許可範圍內，會自行出刊。

一些人悄悄來問我怎麼了。

我停下打字的手，想，那些人真的不知道吧？我回覆：她因病過世。這是我能想到比較委婉的說法，不知道她接不接受。那些藥石罔效的失眠夜晚，讓人在診間哭泣的諮商，反覆被家人質問：能不能振作一點——這些都不是病嗎？

「你知道諮商一次就要兩千塊。」她嘆了口氣：「衣服我都只敢買最便宜的，但我媽就會罵我，家裡又不是沒有錢，為什麼不買好一點。」

我沒有說話。她繼續說：「家裡又不是沒有錢，但他們也不肯給。」

「我不敢帶朋友去家裡玩，我家很大、很漂亮，幾乎可以說是豪宅了。我怕被認為都在裝窮，騙同情，但我真的連買一件乾淨制服的錢都沒有。」她喝完最後一口咖啡，姿勢像灌酒那樣豪氣，拍拍我的肩膀，不說啦，我們回家吧。

她因病過世。我打量著這則回覆，有點後悔自己為什麼要發公告。

明白了，謝謝，對不起打擾。

我往後靠在椅背上，鬆了一口氣。

滿三個月了，群組裡約好要一起去看她，靈骨塔座落在山中，遠眺可以看見大海，不免還是有人提起這個問題：「到底花了多少錢啊？」

好問題。暴龍這次沒有回答。我想起那個戴墨鏡的婦人，儘管一身黑衣，穿著打扮都很時髦。

「家屬會去嗎？我不想再聽到她媽媽喊她小寶貝了。」

「會。」
「給我地址吧，我自己去。」
「我也要地址！」
「我也要！」
起頭的暴龍忍不住了：「你們都不去，我怎麼跟小寶貝的媽媽交代啊！」
時間實在對不上，後來他們包了兩台計程車，從捷運站到靈骨塔去，結束後一起去吃燒肉，用手機放著她的照片，假裝她在場。後來暴龍的手機因為太接近火爐，不慎燒了起來，夢夢跟我說那個景象她一輩子不會忘記。店員連忙衝過來把火勢撲滅了。燒肉全部泡湯，只多送了一盤小菜。聽說她媽還是一副傷心到隨時會昏倒的樣子。
我自己騎機車去看她。越過一整條海岸線，翻過一座山曲折的小徑，抵達一個在山林中顯得突兀的大樓，我在櫃台前報出她的名字，穿制服的小姐抄寫她的位置，遞給我。我循地址尋她，在她面前放上一包香菸。

香菸其實有講究，但本人沒法抗議，於是每個人都帶不同的菸給她，在那方小小的格子前合十說抱歉抱歉，委屈你了。

我知道這樣不對。觀音拈花微笑，天花板、地板上無處不見蓮花和經文，佛塔禁菸、禁酒、禁葷食。夢夢說，他們一家費盡力氣，將炸雞包著塑膠袋，為威士忌織上毛線外套，通過重重安檢，只為了讓喜歡大口吃肉大口喝酒的阿公在祭拜當日有酒食可吃。

她要是知道面前擺了什麼菸，大概會不屑地哼一聲吧，我未曾留意過她喜歡什麼菸，只是在便利超商選擇最便宜的長壽。

經過長長的隧道，隧道出口是遠遠的海。回程，我在濱海公路邊停下，跨過圍籬，去到海邊，沙子很燙，腳印在沙灘拖出長而歪扭的痕跡，脫下鞋子，赤腳踩進海水中。海水是溫的。

死者不能決定自己如何被記得，於是，我想起她時，都只有想起一些好笑的事。看了一會的海，一面想著這有什麼意義，她死了，我活下來，和其他人一樣記著這件事，記得她的格子在什麼地方，但那個格子再也不會打開了。

一隻蟬死在沙灘上，我蹲下來看，也許是山邊飛過來的，濱海公路一面沿山，一面靠海，沿山那面一路都是急促的蟬鳴。為什麼這隻蟬孤獨地躺在這裡呢？我抹去臉上的汗，決定把蟬埋起來。

蟬很小，用兩捧沙子就把整隻蟬蓋住了。太陽越來越大，汗水沿著脖子往下流，滴到沙上，變成一個小小的黑點。

我回到機車上，轉動把手，發動。風景一一後退，帶鹹味的海風灌進衣服，是眼淚的味道。我知道日後對於她的想像只會越來越少，少到可能連群組都不再開啟。我們始終沒有從群組中刪除她的帳號，作為紀念，有時還會有人標記她，但頻率越來越低。

暴龍的手機修好了，但那天的照片都沒有救回來。倒是露月打卡上傳的照片，所有人都看著鏡頭微笑，手機裡的她不知面對哪兒，笑得人心裡發寒。夢夢開玩笑說是她不想在佛塔裡吃素，所以向大家提出了嚴正抗議。

這樣嗎？我不知道人死後會去哪裡，但很明顯不在靈骨塔裡面。剩下的閒聊，我也放著不看，少一兩個人已讀也不會怎樣。我丟開手機，發現自己並沒有因為她的死而變成更好或更壞的人。

我對這個世界的感想變得稀少，大多數時候想的是，還好她沒有看到現在的景況。

醫生叮囑我早睡早起，不要弄亂了作息，可以的話，多照陽光。多曬太陽不會憂鬱。

往往我醒來的時候，天已經黑了，摸索著打開電燈，四周很安靜，甚至可以聽到日光燈管發出的嗡嗡聲。就像在宇宙中一樣孤獨。這句話忽然浮現在我腦海中，我最討厭這樣的時刻，彷彿有人未經同意，就帶走一件珍貴的物事，且永遠不會回來。

我聽過這樣一個故事：我的高中生物老師在求學時，同住的室友因為台北老是沒有太陽而憂鬱得不得了。老師偶然聽人說，把照明換成瓦數高的黃色燈泡，能治憂鬱。最終，室友好了，老師的結論是，生物對光照很敏感。

我常常在這種時候想像老師從舍監那兒借來梯子，搬上五樓寢室，再氣喘吁吁地爬上去換燈泡的樣子。那時老師比現在年輕，也相信終有什麼可以治癒。想像這個樣子讓我感覺溫暖，也為老師的室友覺得幸運，因為總有人在照看自己。如同溫暖的燈光，好像一切就是這麼簡單，按下開關就會發亮，就有一個自己的太陽。

我最討厭日出前，兩點到四點的時段，那時最冷。若果到四點，我還沒睡，我會裹著棉被走到外頭，盯著天空，等待太陽慢吞吞地從地平線爬上天空。我總有種錯覺：這段時間似乎過得特別慢，夜晚無限漫長，太陽也許再也不會升起。我拖著棉被回房，晨光大亮後才入睡。

有一天，我被爆炸聲驚醒，跳下床，按開開關，電燈卻沒有亮，還伴隨濃烈的燒焦味。

以為是火災，但出了房間，四處張望，沒有任何動靜。平時鬧哄哄的室友們似乎都出門了。我突然浮現一個荒謬的念頭——會不會在剛才的爆炸中，我已經死了，被獨自一人關在一個無人、安靜的世界中，並會永遠持續下去？

我扭開門鎖，下樓探看，距離公寓兩步之遙的變電箱正竄出火花，一群人圍在那兒看，大多是老人和提著菜籃的主婦。我暗暗鬆了一口氣，擠到距離變電箱近一點的位置，看到一隻內臟外翻的小動物。

小動物的外皮已經燒焦了，但仔細觀察一會，看著燒得光禿的尾巴，暴突的眼睛，掉在地上的腸子，紫色青色的器官，鮮紅色的肉塊……似乎是一隻松鼠。

拎著一袋青菜的大嬸對我說，是不是應該把附近公園的樹鋸掉一些，松鼠才不會老是跳下來自殺？

我不知所措地看著大嬸，結結巴巴地說，也許吧，或者我們應該在變電箱上做個遮雨棚什麼的。

大嬸歪頭想了想：「好主意，你有里長的電話嗎？」

我搖頭。維修人員匆匆趕到，我退後兩步，把位置讓給身著制服的維修人員。再慢慢退後，直到遠離人群。

松鼠會自殺嗎？我一直不知道牠們的小腦袋裡在想些什麼，我想大概很少有人知道。我知道松鼠會撫育其他松鼠的孩子，擁有極佳的記憶力，可以記住六百個埋藏食物的地點，是什麼致使這些毛茸茸的小動物想要一了百了呢？或者這只是一場意外？

我不喜歡意外這個詞，但最終，他們在官方文件中都是這麼指稱她的：意外死亡、意外墜樓，好像活著不是個意外一樣。

我走上樓，回到我的小房間裡，隱約還可以聽到外面的聲響：變電箱的滋滋聲，一群人在說話……我躺回床上，蓋上棉被，再度醒來的時候是晚上，房間亮得白花花的，我忘了關上開關。電已經來了。聽說有個很寂寞的職業，是公路的路燈維護員。只有一個人，每晚在公路上巡邏，看看有沒有故障的路燈。若有，把燈泡換上；若無，就在公路上繼續行駛。我有點羨慕這個職業，一個人在暗夜寂靜的世界中徘徊，彷彿在夢境中遊蕩。我想到暴龍他們提到的死後世界，心想該不會就是一個黑暗的世界，無止境地在惡夢中行走？

例行性回診，醫生對我的作息有點意見。他用指節敲敲桌面，「我明白這件事對你造成的傷害，但你該體認到，她已經離開了。」

我當然知道。我沒有回覆醫生，只是點了點頭，抄起健保卡匆匆離開。我害怕這個總是直勾勾盯著我的男子，我覺得他好像看透了我。

為了矯正作息，我開始了彩券行的打工。大部分時間都在滑手機，在群組有一搭沒一搭的閒聊，沒有人再提起她的事。「還來得及嗎？」快關店時，一個中年男子推開店門對我說。我瞄了一眼電腦螢幕：「剩下十分鐘。」

他對我點點頭，外面正下著大雨，他把安全帽和雨衣脫下來，擱上傘架，才進來店裡。自從他進來後，我突然開始注意起時間，對方拿起鉛筆，用後端搔搔自己灰白摻半的頭髮，拉了一張椅子，坐下來選號。他穿著藍色夾克，上部被雨淋濕，變成接近黑色的深藍色。我問他會不會冷，反正要關店了，我可以先把店裡的空調關掉。他搖搖手。一直到最後兩分鐘，他才下注。

我將找錢和彩券一起遞給他，他看著裝彩券的小紅包，突然開口說：「希望我過世的弟弟能保佑我中獎。」

我不知道要說什麼，低下頭假裝操作機器，這時候該請他節哀嗎？會不會太虛偽了？也許他只是想和人講講話，什麼都不說，也許太過分了。

「我弟弟昨天過世了。」

「昨天？」

「嗯，昨天，」他停頓一會：「所以我趕快來下注，希望他在天之靈會保佑我。」

我本來想說「一定沒問題」，但話到嘴邊又嚥了下去，我點點頭，表示理解，他推開門走出去時，我開口叫住他：「雨很大，騎車小心。」

他對我揮揮手，拾起雨衣及安全帽，跨上機車離開。

我拉上鐵門，算帳時一邊想著，這是一對怎樣的兄弟呢？弟弟又是怎麼死的？但線索太少了，最後和沒有想一樣。

回家的路上，看到一個女人撐著傘，在河堤邊像尋找什麼似地東張西望，過了一會，她停下來眺望黑暗的河面，遠處吊橋的彩虹燈光映著水面閃閃發亮。

我希望那位客人的弟弟會保佑他，這樣他來兌領獎券時，也許我可以多和他聊一聊，但我等了又等，直到從老闆娘手中接過這個暑假的薪水時，都沒有再見到他。發薪水那天正好是開獎的時候，我們這間小彩券行沒有開出任何大獎。每當暴雨，我都會想到那個客人。

死是沉默，但生者應當述說嗎？

我不知道該和誰述說此事，一直試圖避開和她有關的回憶，但只要一連上網路，我就不可避免地重新與她連上線。有她的群組越來越安靜，連聊天都戰戰兢兢，少了她的燒肉和火鍋，約了也沒意思，索性不聚會了。她的讀者和我的讀者大多數是重疊的，我們共同享有的這個社群其實很小很小，小到每一個人都可以叫出名字來，也小到每一個人的退出，都是巨大的失落。

我抬起頭，看見閃爍發光的螢幕，把遊戲畫面關上。連上網路，在群組發了一條訊息：「嘿，要不要一起去吃個蛋糕？」這時間好像大家約好不睡覺似的，暴龍立刻回覆我，半夜不睡覺在做什麼，我笑了，馬上打字回覆。

看到群組右上角，她始終在森冷地盯著我，始終沒有已讀。這是當然的，她不在了。

蛋糕最後沒有約成，但群組熱絡了一點。我又回到診間，進行例行性的回診。醫生沒有特別說什麼，把健保卡還給我，說，「已經可以了。」

「什麼意思？」我問。

「我們會說，你的病症是一種無法治癒的終身疾患，但我覺得你已經穩定了。你的用藥比之前輕微很多。」醫生輕拍我的肩膀，「做得不錯啊，你已經走出來了。」

這樣嗎？我搖搖晃晃地走出診間，到醫院外頭，一隻鴿子從陽光中飛落下來，我竟覺得那是天使。她也會變成天使嗎？我並不知道，我追著鴿子跑，看見牠飛向天際，飛入我看不見的地方。

AKP0313

致不在場的他們與遲到的我

作　　者—李　璐
執行編輯—羅珊珊
校　　對—吳如惠、羅珊珊、李　璐
美術設計—陳怡絜
封面插畫—Raimochi
行銷企劃—吳儒芳

總 編 輯—胡金倫
董 事 長—趙政岷
出 版 者—時報文化出版企業股份有限公司
108019台北市和平西路三段二四〇號四樓
發行專線—（〇二）二三〇六—六八四二
讀者服務專線—〇八〇〇—二三一—七〇五
（〇二）二三〇四—七一〇三
讀者服務傳真—（〇二）二三〇四—六八五八
郵撥—一九三四四七二四時報文化出版公司
信箱—一〇八九九台北華江橋郵局第九十九信箱

時報悅讀網—http://www.readingtimes.com.tw
思潮線臉書—https://www.facebook.com/trendage/
法律顧問—理律法律事務所　陳長文律師、李念祖律師
印　　刷—勁達印刷有限公司
初版一刷—二〇二〇年十一月二十七日
定　　價—新台幣三六〇元

本書榮獲 國藝會 NCAF 贊助創作

致不在場的他們與遲到的我 / 李璐著
臺北市 : 時報文化出版企業股份有限公司, 2020.11
288　面 ;　13*19 公分
ISBN 978-957-13-8441-2(平裝)

863.57　　109017160

ISBN 978-957-13-8441-2
Printed in Taiwan